傑作長編時代小説

花の嵐
吟味方与力人情控

◆

辻堂　魁

コスミック・時代文庫

この作品は、二〇〇八年に学研M文庫より刊行されたものを、大幅に加筆修正したものです。

目次

序　章　小名木川

文化《ぶんか》五年（一八〇八）春二月——
常州《じょうしゅう》霞ケ浦《かすみがうら》東端に位置する潮来《いたこ》で舟運業《しゅううん》を営む霞屋《かすみや》の善右衛門《ぜんえもん》と女房のお志摩《しま》は、艀《はしけ》の舷側《げんそく》からまだ明けきらぬ暗い小名木川《おなぎがわ》の、黒い樹木の影が蔽《おお》う堤の方角に目を凝らした。

水草が繁茂する川縁《かわべり》のあたりは、夜中すぎに風が止み、明け方が近づくにつれてどろりとした薄墨色の靄《もや》がたちこめ始めていた。

善右衛門は艀の櫓《ろ》を握っている長男の清太郎《せいたろう》から舳先《へさき》の板子《いたご》で棹《さお》を使っている次男の甚二郎《じんじろう》へふりかえり、

「おめえらにも、聞こえたっぺ」

と交互に見やった。

「聞こえる。お父《ど》う、静かにしろ。甚二郎、火い、寄こせ」

隣のお志摩が甚二郎に言った。甚二郎は棹を板子に上げ、舳先の水押《みよし》の先で燃えている篝火《かがりび》の燃え木を抜きとって母親のお志摩の傍らに並んだ。

「どのあたりだ」

「あっちの方だ。火い、差し延べてみろ」

お志摩が指差した。確かに今ははっきりと、篝火の木のはじける音や清太郎の握る櫓の軋《きし》る音にまじり、ひ弱な今にも消え入りそうな泣き声が川縁の靄のあたりを流れているのが、甚二郎にも聞こえた。

「ねごめ（猫）でねえか」

でなければ、狐《きつね》か狸《たぬき》か……

甚二郎には、江戸の大川《おおかわ》と中《なか》川、そして船堀《ふなぼり》川をへて江戸川を結ぶ夜明け前の暗い小名木川から赤ん坊のような泣き声が聞こえてくるというのが、気色《きしょく》のいいものではなかった。

「あ、見えた。おどめ（赤ん坊）だ。おどめが川につっぱいる（落ちている）」

突然、お志摩が叫んだ。

「おお、いだいだ。間違いねえ。あったらおどめが……」

善右衛門が続いて大声を出した。甚二郎が小縁《こべり》から身を乗り出して差し出した燃え木が、舷側から三間ばかりの黒い川面《かわも》とその先に繁茂する水草を薄く照らすと、水草の間から小さな白い命の塊《かたまり》が灯りに顔を向けて泣いていた。

「あいやあ、ちびっけえおどめだや」

「甚二郎、おめえいげ。飛びこめ。ぐずぐずしてたらおっちんじまう」

お志摩が甚二郎の燃え木を奪って、命じた。

「おおし」

甚二郎が半纏《はんてん》を脱いで褌《ふんどし》ひとつになり、躊躇《ためら》いもせず暗い川に身を躍らせた。

「お父う、櫓替われ。おれもいぐ」

櫓をとっていた長男の清太郎が叫んだ。

善右衛門と櫓を替わった清太郎は、これも褌ひとつになり、船床にある鉤《かぎ》のついた竹棒をつかんで甚二郎のあとを追った。利根《とね》川の雄大な流れと霞ケ浦に満々と湛《たた》える水の恵みで生まれ育った逞《たくま》しい二人の若い倅《せがれ》が、たちまち水草に迫った。

甚二郎が水草をかき分け、赤ん坊を拾い上げた。

「やったどお」

甚二郎が赤ん坊を両掌《りょうて》で抱え、高々と水中から躍り上がった。お志摩の掲げる灯が、夜空いっぱいに泣き始めた小さな命を映しだした。

おお——船の善右衛門が感動の喚声をあげた。

「お父う、お母あ、仏《ほとけ》も浮いてるどお。どうすっぺえ」

清太郎が水草の中から流れ始めた仏の身体を鉤棒で引っかけた。

「助けろ。御仏《みほとけ》のお導きだ。おれらで葬ってやるっぺい。なあ、お父う」

「ああ。よかっぺい。御仏のお導きだあ。葬ってやるっぺい」

「あいやあ、魂消《たまげ》だ。この仏は傷だらけだが、まだ息してるどお」

清太郎が流れの中で仏の首をもたげて叫んだ。

「甚二郎、あんちゃんを手伝ってやれ。手伝ってやれ」

お志摩は言いつつ小縁で甚二郎から赤ん坊をとり上げ、ひっしと抱いた。

第一章　風の国

一

北町奉行所吟味方与力助《ぎんみかたよりきすけ》・鼓晋作《つづみしんさく》は、上司である本役・柚木常朝《ゆずきつねあさ》に促され、本役支配・羽田正兵衛《はねだしょうべえ》に黙礼して一重《ひとえ》の視線を詮議所《せんぎしょ》の備後畳《びんごたたみ》に落とした。

晋作は幼さの残る幾分はにかんだ二十二歳の声で言った。

「ただ今の件に関しまして、去年暮れ、御籾蔵町会所《おもみぐらまちかいしょ》の用達《ようたし》より最初の指摘が町会所掛《かかり》にあり、掛の調べでは不審と申すほどの不首尾《ふしゅび》は特段《とくだん》に見つからなかったという報告がなされ、掛内で処理されておりました。ところが今月初め、吟味方に町会所用達より再度の吟味の上申がありーー」

晋作の始めたあらましの説明を、古参の物書《ものか》き役が事務に手馴《てな》れた様子で書き留めていく。落縁《おちえん》の下の白洲《しらす》で生暖かい午後の南風が小さな旋風《つむじ》を巻き、晋作の背中の襖《ふすま》をとき折りかたかたと鳴らしていた。

八畳間ある詮議所には四十三歳になる羽田と三十七歳の柚木を中心に、与力助、見習与力、物書き役同心、下役同心ら、二十代から四十代の八人の吟味方が顔をそろえ対座していた。

晋作は南側の襖を背に柚木の左隣を占め、その左隣に二十三歳の下役同心・谷川礼介《たにがわれいすけ》が着座していた。

文化五年二月、明番《あきばん》の北町奉行所・詮議所である。

その午後、羽田が支配役を務める吟味方の、ある詮議について当事者を奉行所に召喚する評議が進められていた。

その日、評議を進める中の詮議のひとつに、柚木の指示で晋作が谷川と調べた江戸町会所七分《しちぶ》金《きん》積立の使途不明の一件があった。

七分金積立とは、寛政《かんせい》の改革の折り、江戸町民救済施設として常設した金融機関・江戸町会所を維持するために設けられた各町入用《にゅうよう》平均額の余剰分七割を積たてる貯蓄制度で、使用目的は囲籾《かこいもみ》買入れ、米蔵の修理、窮民店賃貸付や米銭交付になっている。

「再吟味の上申ということもあり、念のため内偵《ないてい》を進めましたところ、確かに、先に町名をあげました深川元町《ふかがわもとまち》、八名川町《やながわちよう》、南北の六間堀町《ろつけんぼりちよう》、南北の森下町《もりしたちよう》、常盤町《ときわちよう》、をとり締まる平《ひら》名主・逢坂屋孫四郎《おうさかやまごしろう》の宰領により、過去五年間に裏店表《うらだなおもて》店を併せた家作の修理修築、道や橋の保全などの名目で積立金がその各町家主《いえぬし》に交付されていることが判明いたしました。たとえば、一昨年《おととし》文化三年の丙寅《へいいん》火事のさいには、深川元町家作修築として交付金百十三両が……」

晋作が谷川の差し出す付箋《ふせん》のついた帳面の数字を読みあげていると、羽田が遮《さえぎ》った。

「それは妙だな。一昨年の丙寅火事は深川にはおよんでいなかったはずだが」

「元町の救荒米《きゆうこうまい》備蓄蔵に罹災《りさい》した窮民が一気に押し寄せ、町内の表店を襲う不逞《ふてい》の輩《やから》が中に少なからずいたという理由です」

「だとしても、それは筋として町入用で賄《まかな》うべきもので、七分金積立の趣旨とは違うのではないか」

「確かにそうですが、七分金が富商の金融資金として利用されていることも事実で使途の曖昧《あいまい》なところが以前より黙認されていましたから、この場合もどうやら厳密には詮索《せんさく》しなかったと思われます」

晋作はそのほかに七分金が逢坂屋の領承を得て交付されてきた名目を、過去五年間にさかのぼって並べあげた。

「総額が八百十六両二分二朱三百四十七銭。このうち六分の利息がついた融資は全体の一割にもみたず、ほとんどが窮民交付金として処理されております」

「返済されぬ交付なのだな」

羽田が確認するように言った。

与力助の戸塚宗治郎《とづかそうじろう》が、ええ？　という表情を浮かべた。

かまわず晋作は続けた。

「のみならず、囲籾の古米と新米のつめ替えについても、いささか問題があると思われます」

「どういうことだ」

「囲籾は五十万江戸町民の三十日分の貯蔵を目安にしております。概《おおむ》ね、春夏冬のきり米支給と同時期に米相場に合わせて古米と新米の入れ替えを行なっておりますが、入れ替えの際の古米の俵数が町会所の把握している数から数十の単位で不足しているのです。特に深川大橋向こうの籾蔵の不一致が著しいと、町会所用達の指摘でした」

「横流しか」

晋作は帳面を畳においた。

「羽田さん……」

と、腕組をして晋作の報告を聞いていた柚木が言った。

「もしかしたらこれは、根の深い謀《はか》り事《ごと》かもしれません。わたしは町会所よりの再吟味の上申が届いたとき、初めは去年の冬に監察の町会所掛が不審な使い途《みち》は見当たらずとした報告で処理していた交付銭領承の見解で、町会所と会所掛の間で齟齬《そご》が生じているのだろうぐらいに見ておりました。ところが鼓と谷川の調べで、これほど不明朗に積立金が使われていたとは思いも寄りませんでした」

一同が羽田の苦慮《くりょ》を滲《にじ》ませた浅黒い顔を見守った。

短い沈黙をおいて羽田が晋作に、物思わしげに言った。

「町会所掛はこの使途不明をすでに把握しているのか」

「町会所掛主任与力・佐藤典八《さとうてんぱち》さまに内偵の資料を元にお訊《たず》ねいたしました」

一同が羽田から今度は晋作に注目した。

「佐藤さまは驚かれ、深川方面の名主組合を監督しております担当の同心に今一度厳密な調べを行なわせると仰《おっしゃ》っておられました」

「同心は誰《だれ》だ」

「町会所掛の大河原丈夫《おおかわらたけお》、同じく猪狩俊介《いがりしゅんすけ》の両名です」

落縁の下の白洲を風が笛のような音をたてて吹きすぎた。襖がまたかたかたと鳴った。朝、奉行所の下男が丁寧に掃き清め水を打つ白洲は微《かす》かな土埃《つちぼこり》さえたてない。

詮議所の南側に廊下を隔て、吟味所、次之間、裁許所《さいきょ》へと続いている。奉行の申渡《もうしわたし》はその裁許所で行なわれる。巷間《こうかん》に伝わるお白洲は裁許所の大白洲であって、そこには詮議所よりも細かく白い砂利がびっしりと敷きつめてある。

「誰を呼ぶ」

羽田が晋作に向いて言った。

「はあ。町会所からは座人手付《ざにんてつけ》・尾張屋伝兵衛《おわりやでんべえ》、用達支配・大津屋利左衛門《おおつやりざえもん》、同手代・源蔵《げんぞう》、深川名主・逢坂屋孫四郎、孫四郎雇いの書役《しょやく》・藤吉《とうきち》……」

それから晋作は元町、六間堀町、八名川町、森下町、常盤町の家主の名前を次々とあげていった。三月は、羽田が支配与力を務めるこの事案が、北町奉行所の一番大がかりな詮議になる展開に、詮議所内に緊張が漲《みなぎ》った。

「よかろう。差日《さしび》は――」

一刻半後の七ツ（午後四時）すぎ、紺の継裃《つぎかみしも》に小倉《こくら》の細縞半袴《ほそじまはんばかま》の晋作と黒羽織に白衣《びゃくえ》を着流した谷川が、呉服橋御門《ごふくばし》をくぐり呉服橋を渡っていた。

谷川は弁当や書き物用具類を包んだ風呂敷《ふろしき》包みを提げているが、若くとも晋作には与力の格式を保つため、槍持《やり》ちと挟箱《はさみばこ》を持つ中間《ちゅうげん》が従っている。

朝から吹き荒れる乾燥した南風が濠の水面《みなも》を波だて、呉服橋対岸の石垣堤の柳並木を騒がせていた。ときおり、呉服町濠端の通りに黄色い砂塵《さじん》が舞い上がり、行き交う人々を煩《わずら》わせた。

晋作と谷川は一陣の風に顔を背けた。二人は目を細め、常盤橋や日本橋川に架かる一石橋《いっこく》を渡る人々が、みな風を避けて急ぎ足に身を縮めている様子を眺めながら、風に逆らって橋板をゆっくり踏み締めた。

白い晒《さら》しのような布切れが濠の上を龍《りゅう》の戯れのように舞っていた。

「風が見えるようだね、礼《れい》さん」

と晋作は子供のころからの慣れた呼び名で谷川に声をかけた。

「江戸は風の国ですから」

春もたけなわ、桜の咲く季節が近づいて日が長くなっていた。

西に傾いた日が黄ばんだ空の果てにおぼろな茜《あかね》色の帯を巻いていた。

風に負けぬ鳥影が上空をかすめていく。

背は晋作のほうが一寸半ほど高いが、晋作は痩《や》せた風貌《ふうぼう》に少年のようなひ弱さを残していて、顎《あご》の骨が張ったがっしりとした体軀《たいく》の大人びた谷川と並ぶと、着物の区別や槍持ち挟箱持ちの中間がいなければ、晋作のほうが谷川に従う下役のように貫禄《かんろく》がなかった。

鼓・谷川両家は組は違うが拝領する組屋敷は八丁堀地蔵《じぞう》橋を隔てた南北にあって、与力と同心の身分差はありながら晋作と谷川は近所の遊び友達だった。

幕臣ではあっても一代抱えである町方与力同心の子は、父親の役目を継ぐべく早い時期に無給の見習として奉行所に出仕する慣わしである。

二人の初出仕は、まだ幼顔の残る谷川が十三歳、晋作は十二歳だった。

出仕となると与力と同心の身分差に否応なく向き合うことになったが、よほど気心が合うのか、とき折りは若さゆえのぶつかり合いを繰りかえしつつ、二人はともに神田明神下同朋町《かんだみようじんしたどうぼうちよう》の富田《とだ》道場で一刀流を学び、変わらぬ友情を育《はぐく》んだ。

初出仕からほぼ十年が経った今年初め、異例の人事で谷川は本勤《ほんきん》、晋作は本勤並《なみ》となり、二人は同時に吟味方の役目を仰《おお》せつかった。

谷川の父親はもともと吟味方下役同心で、本採用になった息子に譲る形で番代わりしたが、晋作は父親の役目から言って、通常なら父親と同じ諸問屋組合再興掛の見習から本勤並をたどるのが順当な道筋のはずだった。

　与力の役目異動は年番方《ねんばんかた》の意見を裁量して、奉行が本人の能力を見きわめて決定する。さらに吟味方は、南北両奉行所の各掛の中でも有能な人材が集められており、奉行所では年番方に次ぐ重要な掛なのである。

　与力同心には採用されても、吟味方は誰でもが任用される役目ではなかった。だから与力とは言え諸問屋組合再興掛の目だたない事務方を営々と務めてきた晋作の父親は、息子がまだ本勤並でありながら吟味方助を仰せつかったことに心底驚き、かつまた心配で、

「あれに、務まるのかな……」

　と気をもむ始末だった。

　そんな新米の晋作と吟味方下役同心の役目を若くして受け継いだ谷川が、配属早々に命じられたのがこの江戸町会所七分金積立使途不明の一件だった。

　当初、上司の柚木は、二人の手並みを試す腹づもりで簡単な吟味を担当させたのかもしれなかった。ところが積立金使途の不審は、意外な広がりと根の深い様相を呈《てい》し、若い二人の手に余るからくりを見せ始めていた。

橋を渡ってから晋作が言った。

「積立金を着服した者らがいる」

「少なくとも帳面づけの段階で相当の操作をしなければ、五年の期間にわたって
あれだけの大金を動かすことはできないでしょう」

「一人二人でできることでもない」

「当然、事務監督を掌握《しょうあく》する掛に重大な見落としがあった……」

「見落としだとまだいい。成りゆきによっては諸刃《もろは》の剣《つるぎ》になる」

谷川は黙った。

波だつ濠の水面と曲輪《くるわ》を囲う城壁を右に見て、柳並木の土手道を南にとった。

呉服町の商家の入口にかかった半暖簾《はんのれん》が風に靡《なび》いていた。空の手桶《ておけ》が、風に吹
かれて土手道を転がっていた。

「さの屋に寄ろうか」

晋作が誘い、そうですねと谷川が頷《うなず》いた。

二人とも真っ直ぐ帰りづらい気分だった。晋作は槍持ちと挟箱持ちの中間に谷
川の風呂敷包みも持たせて先に帰し、土手道から東に樽新道《たるしんみち》へ折れた。

人々が足早にゆきすぎる風の舞う日本橋の大通りを越え、町家の入り組んだ

式部小路《しきぶこうじ》の、軒に《飯酒処》の掛行灯《かけあんどん》が下がった見世《みせ》の日除《ひよ》け暖簾をくぐった。

さの屋は箔屋町《はくやちょう》の打ち箔の職人が馴染《なじ》みに多い煮売《にうり》屋である。

七ツはまだお城勤めの役人や職人の引ける刻限なので客はまばらである。もう少し時間が経てば商家の奉公人などがつめかけ、賑《にぎ》やかになる。

二人は表の腰高障子に近い床几《しょうぎ》に座った。

薄ぎり大根を黒胡麻《くろごま》、白味噌《しろみそ》、味醂《みりん》と肉桂《にっけい》を加えたタレで和《あ》えた、利休《りきゅう》という酒の肴《さかな》によく合う和え物料理に、卵焼と蒲鉾《かまぼこ》、酒は冷や酒にした。午後からの長い評議で気が昂《たか》ぶった若い身体の芯《しん》は、ひりつくように火照《ほて》っていた。

「徒目付《かちめつけ》はこの件をどう見てるんだろう」

晋作は冷たい酒を空の胃の腑《ふ》に染みこませてから、内心の懸念を口にした。

「ここのところ、小木曾《おぎそ》さんが向柳原《むこうやなぎはら》の町会所にもよく出入りしているそうですね」

「そうか。やはり積立金の一件かな」

「町会所の吟味要請は二回目ですからね。ちょっとまずかったたな」

町奉行所与力同心の監察は徒目付の役割である。

晋作は四十すぎの徒目付・小木曾陣内《じんない》が執務中の詮議所に入ってきて、ちらりと目が合ったときの、不浄役人《ふじょう》を見くだしたような目を思い浮かべた。

「見落としが意図的な操作だったら、わたしらの出る幕ではなくなりますね」

「お奉行さまにだって、何かしら影響があるかもしれない」

文化五年の北町奉行は小田切土佐守直年《おだぎりとさのかみなおとし》。弱冠二十二歳の晋作を吟味方与力助に抜擢《ばってき》した奉行でもある。あの物静かなお奉行はおれの何を見て吟味方にしたのだろう。晋作は甘い大根を咀嚼《そしゃく》しながら考えた。

「礼さん。おれたちで探ってみないか」

「え、何を？」

「大河原さんと猪狩さん。事と次第によっては佐藤さまも……」

ああ——谷川は頷いたが、気が重そうだった。

「それは厳しいなあ。わたしたちだけじゃあ無理ですよ」

「けど、事実から目をそらすわけにはいかないだろう。今のままだとどうせ小木曾さんが動き出して、かえって」

言いかけたとき、「あっ」と谷川が晋作の後方に視線を投げて声をもらした。

ふりかえると、小松町《こまつちょう》を挟んだ見世の櫺子《れんじ》格子窓に夕焼空が赤々と燃えていた。

折りしも客がきて表の障子を開け、風が土間を這った。

「晋《しん》さん、ちょっときて……」

谷川が晋作の袖《そで》を引っ張った。草履《ぞうり》を突っかけて客が入って開いたままの表戸の内側に立ち、谷川が「ほら、あれ」と式部小路から西八丁堀の本材木町《ほんざいもくちょう》の方角へ折れ曲がる辻を指差した。

風にはためく日除け暖簾の隙間《すきま》から、夕刻の人通りに紛れた同心の黒羽織らしき後ろ姿が二つ見えた。

「誰だ」

「大河原さんと猪狩さんでした。二人の前に深網笠《ふかあみがさ》の侍がいるでしょう。納戸《なんど》色の羽織の。わかりますか」

「わかった。見覚えがある。佐藤さんだな」

「まさに噂《うわさ》をすれば影だ。佐藤さんは供も連れていないから、おそらく御番所の用ではありませんね」

「そろってどこへいくんだろう」

「佐藤さんは丸太《まるた》新道に女を囲ってる噂があるが、方角違いだし……」

佐藤らしき侍を先頭に同心二人は、辻を西八丁堀方角に曲がり、姿が見えなくなった。晋作は三人のあとをつけたい衝動にかられていた。

「お役人さま、風が強《きつ》うございやす。戸を閉めていただけやすか」

煮売りの竈《かまど》のそばから亭主が晋作と谷川に言った。

二

夕暮れ刻、名主・逢坂屋孫四郎に呼ばれた藤吉は、奥座敷の桐《きり》の長火鉢の前に座り、孫四郎が現れるのを待っていた。

日が沈み、庭の濡《ぬ》れ縁側を閉じた腰障子が青く染まっていた。

昼前から吹き荒れる南風が、垣根沿いに植えた竹林を騒がせていた。

行灯に明かりはなく、座敷は薄暗かった。いつもなら騒がしい台所の方も、今日はなぜかひっそりとしていた。

納戸のある執務部屋で帰り仕度をしていたとき、下男の次郎兵衛《じろべえ》に「旦那《だんな》さまがお呼びです。奥で待っていてくれとのこってす」と言われてから、外はもうだいぶ暗くなっていた。

壁の横木にかけた深川元町と記した弓張提灯《ゆみはりちょうちん》が、薄闇の中で白く浮いていた。

やがて襖がすうっと開き、孫四郎が両手にひと抱えの風呂敷包みを持って現れた。藤吉は畳に手をついた。

「やあ、すまなかった。待たせたね」

孫四郎はぼそりと言い、長火鉢のそばに風呂敷包みをおいて自分も座った。

四十を超えたばかりの普段はなにかと派手好みの孫四郎が、その夜は大柄な体躯に綿縞の質素な長着《ながぎ》を着こみ、何か悩み事を抱えて思案にくれている様子にも見えた。

「旦那さま、ご用件はどのようなことでございますか」

藤吉が訊ねると孫四郎は、ふむ、とひとつ頷いた。それから風呂敷包みを藤吉の前に押し出し、「これなんだがね」ときり出した。

「この書付《かきつけ》を見なおして確認してもらいたいんだ。すべておまえが書役を務めたこの五年間の分だよ」

薄闇が孫四郎の表情をよく見えなくしていた。いつもは何事も口うるさいほどに細かく強引に命じるのに、今夜は妙に遠慮がちな物言いだった。

「見なおして確認すると申しますと……」

「この書付が本物かどうかを調べて、間違いなくおまえが書いた書付だと確認すればいいのだよ」

藤吉はうこん木綿唐草模様の風呂敷を見おろしていた。

「見てよろしいんですか」

「ああ。全部おまえの書付に間違いないはずだがな。ここで終わらなければ家へ持って帰ってやってくれ。なんなら明日は休んでもかまわない。ただ持ち運びは一件でも欠けるとまずいので、必ずひとまとめにしてな」

藤吉は包みを解いて、半期ごとに帳面綴《つづ》りになった書付を手にとりぱらぱらとめくった。孫四郎は膝《ひざ》に両手をおいて、藤吉の仕種を見つめていた。

藤吉自身が書いた書付に間違いなかった。

そりゃあそうだろう。

五年前に深川元町、八名川町、南北の六間堀町、南北の森下町、常盤町の名主を務める逢坂屋孫四郎に書役として雇われ、孫四郎に細かく指示され命じられるままに書付を作ってきた文書だからだ。

書いた物は必ず孫四郎に見せ、領承をとってきた。

だが、書付の内容が本当のことかどうかは、孫四郎に言われるままに書いてきた藤吉にわかるはずがなかった。

たとえば今年になってからはまだ一件もないが、町会所に米銭交付の申請をする際、本来は申請書を出す役目は交付先の家主《いえぬし》にもかかわらず、孫四郎が代わって文書を提出しており、その文面作りが書役の藤吉の仕事だった。

実際に家主が書いた書付も孫四郎に命じられ、藤吉が書きなおしてきた。

申請金額を上乗せするためである。

「少しでも多くしてやれば貧しい者は助かるだろう。こういう裁量も名主の務めなのだ。人助けも気苦労が絶えないがね」

孫四郎は笑いながら言った。それが数両から数十両の枠内《わくない》で行なわれ、書きなおした書付だけでも五年間でかなりの紙数になり、また金額になる。

書役に雇われ、仕事にようやく慣れたころ、藤吉は孫四郎に各町の家主の書付がないのは定《さだめ》にはずれるのではと訊いたことがあった。

すると孫四郎は不機嫌な顔になって言ったものだった。

「若いのに胆《きも》の細かい男だね。おまえはわたしの言うとおりにしていればいいのだよ」

ほかには深川元町の御粇蔵の古米と新米の詰め替えの文書もひと綴りになってまじっていた。これは北御番所の町会所掛役人・佐藤典八、大河原丈夫、猪狩俊介が孫四郎を訪ねてきて、孫四郎と密かに話し合ったあとに藤吉が呼ばれ、

「佐藤さまのご入用だ。急いでこの書付を作ってくれるかい」

とそれらも言われるままに書いた文書だった。

藤吉は恐くなった。内心妙だと思いつつ書いた文書が、積もり積もっていつの間にかこれほどの束《たば》になっている。

「旦那さま、この書付が本物かどうかを確かめるとは、実際に家主さん方にあたって調べるのでございますか」

「違う違う。言ってるだろう。おまえが書いた書付かどうかを確認すればいいんだと」

「は、はい。おそらく、わたくしが旦那さまのご指示どおりに書いた物と思われますが……」

「だからおそらくではなく、自分の目でもう一度確かめなさいと言ってるのだよ。間違いなくおまえの書いた物ならそれでいいじゃないか」

冷や汗が出た。何かおかしい。今年になって強くそう感じ始めていた。

特にこのひと月、佐藤、大河原、猪狩の三人が毎日のように現れ、孫四郎と何やら密談を繰りかえしていた。

「それでおまえが確かめ終わったら、自分の書付に相違ございませんと、別紙に一筆入れておいてくれるかい」

「しかしそうしますと、この書付の内容がわたくしの一存《いちぞん》で作ったように見なされる畏《おそ》れが……」

「呑《の》みこみの悪い男だね。手続上の形式が整っているかどうか確かめているのだよ。おまえは書役でわたしに雇われているのだろう。書役が自分の書付を自分が書いたと一筆入れるのがおかしいのかい？」

「いえ。おかしくはありませんが」

「だろう。じゃあ頼んだよ。わたしはこれから出かけるから、今日明日中にすませておいておくれ」

孫四郎はそう言い捨て、そそくさと座敷を出ていった。藤吉は薄暗がりの中にぽつねんとひとり残された。

執務部屋に戻ると、下男の次郎兵衛はすでに帰っていなかった。

下男と言っても端女《はしため》のような土間仕事をするのではなく、二年前、煩雑《はんざつ》な執務を一手に抱える藤吉の助けにと孫四郎が雇った本所柳原町の男だった。

家の中がいやにしんとしていた。台所に白湯《さゆ》を汲《く》みにいった。

土間の流しで端女のお三津《みつ》が洗い物をしていた。

「あ、藤吉さん、まだいたでがすか。今日はみな出かけて飯《まま》はおれらの分ばかりだども、藤吉さんの分も拵《こしら》えるべいか」

「いや、いいんだ。白湯をもらいにきただけさ」

藤吉は執務部屋に戻り、温《ぬる》い白湯を飲んだ。溜息《ためいき》が出た。早く南森下町の家に帰りたかった。家には女房のお登茂《とも》と生まれてまだ七カ月のお染《そめ》、そして曾祖父の代から古着屋の小店を営む両親が待っている。

藤吉は頭のいい子供だった。読み書き算盤《そろばん》がよくでき、十七のとき日本橋伊勢町の大店《おおだな》にいきなり平手代の条件で雇われる話もあったほどである。

だが藤吉は家業の古着屋を継ぐ道を選んだ。生真面目《きまじめ》な気質だった。

逢坂屋に名主事務の書役を頼まれたのは二十三歳のときだった。

相手が名主となると無下《むげ》に断わりきれなかった。代わりの人物が見つかるまでという約束で引き受けた。

それがずるずると五年が経ってしまった。

やめるいいきっかけだ——藤吉は呟《つぶや》き、ぱらぱらと書付を繰った。

一刻後、書付の帳面の束をくるんだ風呂敷包みを肩にからげ、風の吹き荒《すさ》ぶ夜道を帰途についた。六間堀を渡るころ、日本橋の方角で半鐘が小さく鳴った。

こんな風の夜に火事になったら大変だ。

ふりかえり、漆黒の星空を見上げた。犬の遠吠《とおぼ》えがあちこちで木霊《こだま》した。

路地と町木戸を抜け、深川神明宮裏手の参道で古着屋を営むわが家に戻った。

表の板戸のくぐりを開けると家の中が暗かった。おや、もうみんな寝たのか。

しかしどんなに遅く帰っても、今までお登茂が先に寝ていたことはなかった。

藤吉は板戸を閉め、閂《かんぬき》を確かめてから暗い土間より奥に声をかけた。

「お登茂、戻ったよ。お登茂」

返事がなかった。藤吉はもう一度声をかけた。

「お父っつぁん、おっ母さん、ただ今もど……うん？」

暗がりの中に誰かいる。誰かが闇《やみ》の中で藤吉の様子をうかがっていた。

まさか押しこみ……ぞっとした。火打石を打ち合わせる音がした。

「誰だ」

闇の先へ激しく質《ただ》した。行灯の蔽《おお》いを上げて男が灯を入れるのが見えた。

魚油《ぎょゆ》の臭いが流れ、薄明かりがゆるやかに土間に広がった。売物用に吊《つ》るしたり丁寧に畳んで棚に並べた夥《おびただ》しい古着の山と、古着を収納して天井にまで積み重ねた葛籠《つづら》が、土間の壁に影を落とした。

あっ。

売り場と帳場が一緒になった四畳半ほどの見世に四人の男がいた。

角行灯《かくあんどん》に灯を入れたのは同心の猪狩だった。同じく大河原が胡座《あぐら》をかき、刀を抱えて居間を仕きる舞良戸《まいらど》に凭《もた》れていた。見世の端にはどういういきさつなのか綿縞の長着の孫四郎が正座し、大河原と孫四郎の間にのっぺりとした馬面《うまづら》の与力・佐藤が、布子《ぬのこ》の襁褓《むつき》にくるんだお染を抱いて立っていた。

大河原と猪狩が藤吉を睨《にら》んでいた。孫四郎は人形のような横顔を硬直させていた。藤吉は身体が震えた。四十をすぎた佐藤がお染をあやした。

「可愛《かわい》い赤ん坊じゃのう。よう寝ておるわ。よい子じゃ、よい子じゃ」

「だ、旦那さま、こ、これは何事で、ございますか」

孫四郎は顔を背けたまま返事をしなかった。

「藤吉、御番所の吟味だ。おまえをとり調べる」

三十半ばの大河原が抑揚のない口調で言い、猪狩とともに立ち上がった。

大河原は佐藤と猪狩より頭半分抜け出た隆《りゅう》とした体軀である。

「吟味？　なんの吟味でございますか」

「おまえが背負っておる風呂敷包みには、何を隠しておる」

「何も隠しておりません。旦那さまのご命令で、今日明日中にわたくしが内容の確認をするために持ち帰った書付でございます」

「藤吉、おまえ、書付を処分するためにこっそり持ち帰ったな」

猪狩がむっとした表情で口を挟んだ。

「何を仰います。旦那さまにお訊ねになればわかることです」

「藤吉。お上に言い逃れは通用せんぞ」

大河原が鼻に抜ける声で笑った。

「……旦那さま、わたくしはこの書付をどうすればよろしいのですか。家へ持ち帰ったのがまずかったのですか。ならばこのままお戻ししますが」

孫四郎の横顔は沈黙を守っていた。お染をあやしていた佐藤が馬面を藤吉に向けた。目尻《めじり》の垂れた目が笑っていなかった。

芝居がすぎる。自分にはどうしようもない何かが彼らによって行なわれていると、やっとわかってきた。

これは逆らうと危ない。宥《なだ》めるのだ。藤吉は言い聞かせた。

「藤吉、これから番所に同行してもらう。いいな」

大河原が言った。

「わ、わかりました。では、女房にひと言、言っておきますので……」

「女房か。いい女だな」

と大河原はまた笑った。

「番所にいく前に訊ねておきたいことがある。これはおまえの仕業《しわざ》か」

大河原が背後の舞良戸をさりげなく引いた。舞良戸の奥は茶の間と台所を兼ねた六畳になっている。行灯の薄明かりと大河原の長い影が茶の間に差した。

恐怖の悪寒が全身を瞬時に襲った。身体が痙攣《けいれん》するように震えた。

お登茂は目を瞠《みひら》いていた。頭痛のするときに見せる眉間《みけん》に皺《しわ》を浮かべ、衣裳人《いしょう》形を見るような綺麗な顔を藤吉に向けていた。

お登茂の身体の向こうに二つの影が横たわっていた。

畳を染めた赤黒い血が周囲に広がっていた。

藤吉は、よろりと一歩を踏み出した。背負っていた風呂敷包みが土間に落ちた。

お父っつぁん、おっ母さん、嘘《うそ》だろう。お登茂、風邪をひくよ。お登茂……

「どいつもこいつも深々とやられてる。ひどい話だぜ。凶器はこいつだ」

細刃に血のべったりついた刺身包丁が畳に刺さっていた。

藤吉は手先が器用で、魚を三枚におろし刺身も自分でよく拵えた。魚のきり身を綺麗に皿に盛り、使ったあとの包丁は丁寧に砥《と》いで洗い光らせておく。

ひいい……

声が出、涙がどっとあふれた。

泣くのはおよし。男の子だろう。子供のころのおっ母さんの言葉が甦《よみがえ》った。

藤吉は四畳半に上がり、三人のそばにいこうとよろめいた。

そのとき、藤吉の背中に重く冷たい一撃が浴びせられた。こいつら……怒りと絶望が心の中に広がった。お登茂が藤吉を悲しげに見上げていた。

ふり向くと、大河原の次のひと太刀《たち》が眉間と頬《ほお》を割った。左から袈裟《けさ》懸《が》けに猪狩に斬り落とされた。さらに胴と肩を左右から斬られ、右脇にひと突きを浴びた。

ざんばらに髪が乱れ落ち、自分の叫び声が遠くから聞こえた。

「なあ藤吉、おまえに生きていられちゃあ困るんだ。みんなおっかぶって、冥土《めいど》に持っていけ」

脾腹《ひばら》を貫いた大河原の地獄の獄卒《ごくそつ》の笑い声と、耳元でささやいた言葉が脳裡に焼きついた。

藤吉は土間に転げ落ちた。身体の痙攣が止まらなかった。

お登茂、お父っつぁん、おっ母さん……呼びながら土間を這った。嘔吐《おうと》がこみ上げた。血が唇からたらたらたらと垂れた。

その藤吉の前に佐藤が何も知らず眠っているお染をおいた。そうだ、この子がいる。残り少ない力をふり絞ってお染を腕に抱いた。

お染をくるんだ布子は温かく、やるせない感情が藤吉を包んだ。

佐藤が藤吉の右手に血まみれの刺身包丁を握らせた。

「赤ん坊も手にかけなければ、花が嵐と咲く季節に錯乱した男が一家みな殺しに走った辻褄《つじつま》が合わない。逢坂屋、おぬし、藤吉を手伝ってやれ」

「ええっ、わたくしがですか」

「そうよ。おぬしだけが手を汚さぬつもりか」

大河原と猪狩が笑った。

「赤ん坊ぐらいならできるだろう。可愛い顔をして眠っておるぞ」

佐藤が言った。孫四郎が土間に下りた。草履がひたひたと近づいてきた。そばにかがんで藤吉の顔をのぞいた。

孫四郎は刺身包丁を握った藤吉の手に手を添え、持ち上げた。

「藤吉、こうやってぐいと刺すんだよ。花の嵐に狂乱した男の仕業らしくな」

許さん。藤吉はかすかにうめいた。うん？　孫四郎が顔をかしげた。

刹那《せつな》、包丁を孫四郎の顔に走らせた。

孫四郎は悲鳴をあげ、尻餅《しりもち》をついた。

「声が大きい。騒ぐな」

「この野郎、まだくたばりやがらねえか」

「止《とど》めだ。止めを刺せ」

男らが口々に言い、迫ってきた。藤吉はあがき、もがいた。よろよろと立ち上がった。腰高障子に体あたりをし、腰高障子と板戸を突き倒した。

表に転がり出た。突風のように吹き荒れた一陣の風が、藤吉の身体を起こすのを助けた。お染を抱き締めよろけたが、それでも走り始めた。

物音を聞きつけた隣近所の住人が参道の小路《こみち》に顔を出した。

「お上の御用である。親殺し、女房殺しの咎《とが》で藤吉を捕縛する。藤吉はもはや狂うておる。みな怪我をせぬように家の中に入っておれ」

佐藤が喚《わめ》いた。

大河原と猪狩が追い縋《すが》り斬りかかる。藤吉は刺身包丁をただ無闇にふり廻した。

何もかもが夢中だった。全身に惨刃を幾筋も浴び脾腹を深く貫かれたにもかかわらず、たまたま急所からはずれたのか、藤吉は死んではいなかった。

何がそうさせ、どこにいくのか、知らなかった。

ただもう、倒れては起き上がり、包丁をふり廻し、断末魔の息の下で抗《あらが》い、傷ついた獣の彷徨《ほうこう》のように走り続けた。

大河原と猪狩は藤吉の無我夢中の抵抗に怯《ひる》み、きっ先が鈍った。

藤吉の目の前にどこまでも闇が延びていた。走る耳元で風がうなっていた。目を覚ましたお染が泣いた。

おっ母さんのところへいくんだ。もうすぐだよ。

お染に言い聞かせた。何かがそこに導いた。川が見え町の灯りが向こう岸に見えた。お登茂が川の中で、おいでおいでをしていた。

「待てえ、藤吉。神妙にせよ」

背後に死神が迫っていた。

お登茂——と、呼びかけた。風が旋風《つむじ》を巻いた。

藤吉はお染をぎゅっと抱き締め、地を蹴《け》った。夜の闇が藤吉を包んだ。身体は風に乗り、風と戯れた。それから暗い小名木川に姿を没した。

三

三方を廊下に囲まれた北町奉行・小田切土佐守の用部屋にも奉行所玄関を慌ただしく出入りする人のざわめきが絶え間なく伝わってきた。

昨日の風は治まっていた。

春の午前の日差しが中庭に面した用部屋の障子に白い模様を描いていた。

奥向きを隔てる廊下の襖を背に奉行が座っていた。

奉行の右手南側、障子を背に町会所掛与力・佐藤典八、同心・大河原丈夫、同心・猪狩俊介の二人、奉行左手、内玄関のある廊下側の襖を背に吟味方与力本役・羽田正兵衛、与力本役・柚木常朝、与力助・鼓晋作、同心・谷川礼介の四人が向かい、着座していた。

奉行の背後の鴨居《かもい》にかけた黒柄に口金《くちがね》が金地の素槍が、質実な用部屋の唯一の装飾だった。

小田切土佐守は、渋茶の継裃の膝の上で両掌をゆったりと組み、身動きひとつせず柚木と佐藤のやりとりに耳を傾けていた。

「……町会所からの去年暮れの指摘については、事務監察に粗漏があったことは認めざるを得ない。だが、手続の書付に不備があったわけではないのだ。町会所掛とてすべての書付を精査し精通しているのではない。去年の暮れ指摘を受けて、大河原と猪狩の両人が名主の逢坂屋孫四郎と書役の藤吉に書付を出させて厳格に調べ、二人の説明を訊いた限りでは不審は見つからなかった」

「今回再吟味の依頼は、吟味方に上申があったものです。内偵の結果、七分金積立の交付申請などでおかしな点が多々あった。吟味のために召喚する者と差日を昨日、町会所掛にはお知らせしていたはずです」

「そうではあっても町会所の事務監察は会所掛の役目なのだから、会所掛が調べるのはあたり前のことではないか。先だって、そちらの鼓と谷川の両人から七分金積立の多額の使途先不明を指摘され、去年の暮れの調べで問題なしとしたわれら会所掛は面目を失うどころか大恥《おおはじ》をかいた。両人にも厳密に調べなおすと約束し、それを質すために昨夜は……」

「厳密であるならば逢坂屋孫四郎を昼間奉行所に呼び、当然、町会所用達らもくわえて不明な使途をひとつひとつ明らかにすべきではござらんのか。それを掛の者だけが夜更けに不審な点の多い当事者の逢坂屋邸におもむいてこそこそと話を訊き、のみならず、逢坂屋雇いの一介の書役にすぎぬ藤吉を応援も要請せず独断で捕縛に向かうなど、無謀というか、何かほかに意図があったと疑われても仕方がない」

「無礼だぞ、柚木」

佐藤が怒気を含んで言った。

「柚木、おぬしには現実が見えておらん。よいか。逢坂屋は五年前、南森下町の藤吉を書役に雇い事務をすべて藤吉に任せてきた。近年では、名主が煩雑な町内事務を習熟した雇い人に一任する例は珍しいことではない」

額に汗が滲《にじ》んでいた。

「その藤吉の説明や言を正しいことを前提に調べを進めてきた結果が、今回の不審を招いたのは明白だった。しかし逢坂屋によれば藤吉は真面目な男で、何か事情があって説明に齟齬《そご》をきたしておるのかもしれぬから、正式のとり調べの前に内々に藤吉の事情を訊いてやってもいいのではないのかと話し合うて、われらなりに考慮して藤吉を訪ねたのだ」

「それがおかしいのです」

「何がおかしい。われらが訪ねたからこそ、錯乱した藤吉の親殺し、女房殺しの無理心中の現場に偶然いき合わせた。藤吉がなんらかの処分を謀《はか》って持ち出した書付も無事戻ったし、乱心した藤吉を斬らねば被害は町内にもおよんでおったのかもしれんのだ。おそらく、藤吉は積年の不正の露顕がもはやまぬがれぬと知って思い屈し、ついには心を乱して昨夜の凶行におよんだのだ」

晋作と谷川は顔を見合わせた。

二人は昨夜から一睡もしていなかった。昨夜、逢坂屋雇いの書役、藤吉が一家無理心中におよんだ報せを受けて現場に急行し、ひと晩中、凶行の惨状や藤吉の逃げた路、遺体の傷の様子などを調べて廻った。

明け方八丁堀の組屋敷に戻り、身形《みなり》を整え、いつもどおり奉行所に出た。用部屋に吟味方と町会所掛の双方が呼ばれ、奉行の前で合同の評定が始まったのは朝五ツ（午前八時）だった。

晋作は大河原と目が合った。大河原の目は晋作を嘲笑《あざわら》うかのようにわずかにゆるみ、わきにそれた。昨日、さの屋から見た三人の町会所掛役人のいき先が深川の藤吉の家だとわかっていたら――そう思うとぞっとした。

そのとき廊下を足早に踏む音がし、襖の外で男の声が言った。

「失礼いたします。久米《くめ》でございます。ただ今、小名木川から大川、佃島《つくだじま》、石川《いしかわ》島、さらに河口付近の江戸湾岸一帯を捜索にあたっておりました者らが戻ってまいりました。お奉行さまにご報告申し上げます」

「ふむ。入れ」

襖が開き、奉行用人の内《ない》与力・久米信孝《のぶたか》が畳廊下から膝を進めた。

「で、どうだった」

「残念ながら、藤吉お染は未《いま》だ見つかりません。午後には御《お》船手《ふなて》の船を増やし、湾岸の捜索範囲を広げることにいたしました。また川筋から湾岸一帯の町の捜索も、非常取締掛、定町廻《じょうまちまわ》り、臨時《りんじ》廻りを総動員して進めておりますが、そちらのほうからの報告はまだ入っておりません。お奉行さまから新たなご指図がござりますれば捜索の手の者らに指示いたします」

奉行の表情に落胆の色がうかがえた。奉行は腰に挟んだ扇子に手を乗せ、しばし考えこんだ。

「僭越《せんえつ》ながら、お奉行さまに申し上げます」

晋作が身体をわずかに奉行に向けて畳に手をつき、緊張した視線を落とした。

満座の目が晋作に注がれた。

「鼓か。よい。頭を上げて申せ」

「はい。代官所支配地に入りますが、中川の東、船堀川、葛飾《かっしか》江戸川方面の探索を広げるべきかと愚考いたします」

「小名木川から中川を越えてか。佐藤の話では藤吉は相当の深手を負うておる。そのような者が一里以上も泳いで逃げるというのは難しかろう。ましてや赤ん坊を抱えてだ。中川には船番所もある」

「南森下町から藤吉が小名木川まで逃走した道筋に藤吉のものと思われる夥しい血痕《けっこん》が残されておりました。血痕の多さを見ても藤吉が相当の深手を負ったことは明らかです。にもかかわらず乳呑児《ちのみご》とはいえ子供を抱いて小名木川まで走り、さらに川に飛びこんだ胆力は尋常の仕業とも思えません。そのような者なら、常識では考えられない働きもあり得るのではないでしょうか」

「確かに、そうだな……よし、代官所支配の勘定奉行へはわたしのほうから手を廻しておく。久米、時間が惜《お》しい。かまわんから船堀川の流域をたどって探索の手を行徳《ぎょうとく》まで広げよ。中川、江戸川の舟運業者らにも訊きこみにあたれ」

「ははあ、早速に」

久米が一礼して退出すると、奉行が言った。

「ちょうどいい。鼓、おぬしの考えを聞こう」

「申し上げます。わたくしと谷川はこのひと月、七分金積立の使途不明の実情を調べてまいりました。結果言えますことは、一書役の操作によって不正交付が五年にもわたり誰にも気づかれず行なわれたというのは、とうていあり得ないことです。佐藤さまの仰られた藤吉ひとりの積年の不正も、錯乱も、一家無理心中を謀った凶行も、すべて推測にすぎません。たとえば、一家無理心中を謀った藤吉が、処分する目的で書付をこっそり持ち出したと見なすのは、行為に矛盾があると思われます」

「はは……だから錯乱なのではありませんか」

同心の大河原が磊落《らいらく》に笑いながら晋作の言葉をとった。

「それにこう言っちゃあなんですが、鼓さんのお考えも推論ばかりですな」

「大河原、おぬしらの考えはあとで訊く。黙っておれ」

奉行に一喝され、大河原は不服げに引きさがった。

佐藤の冷めた目が晋作を横睨みにした。

水面に浮かび上がった藤吉は、暗い川面《かわも》の先にお登茂の姿を見た。

お登茂は藤吉をしっかりと見つめ、手招いている。

腕に抱いたお染は、突然、水没し浮かび上がった一連の出来事に驚き、ぱっちりと目を瞠いて父親を見つめていた。

土手の上を川面を照らす提灯の灯が右往左往していた。

風の音と男らの呼び合う声が漆黒の夜空に飛び交い、錯綜した。

川面は水面を舐める風に波だっていた。

絶え間なく吹き荒《すさ》ぶ風が、お登茂の手招きする彼方《かなた》へと藤吉をあと押しした。

抱き締めるお染の身体が温かかった。

お登茂、おれは死んでおまえのとこへいく。けどこの子は助けてくれ。

お染はか細い声で泣いたが、吹き荒ぶ風がそれを消した。

お染は小さな掌で藤吉のざんばらの髪を握り、藤吉の眉間から流れる血を母親の乳に縋るように舐めしゃぶった。

お登茂はどこまでも、どこまでも藤吉を手招き続けた。

何度も気を失った。そのたびにお染の泣き声が藤吉を目覚めさせた。

藤吉はわずかな意識をふり絞り、水の中であがいた。ほとんど力が残っていなかった。ただ意識が朧《おぼろ》になり傷の痛みを和らげていたことが救いだった。

いつしか、提灯の灯は見えず、捜索の男らの声も聞こえなくなった。

やがて川のはるか向こう岸に番所の灯がぽつんと見えた。中川の船番所の灯に違いなかった。

お登茂はそちらの方に手招いていた。

お登茂、おれは疲れた。もうだめだ。このままどこかへ流れてしまいそうだよ。

藤吉さん、藤吉さん　こっちよ。大丈夫。さあおいで……

お登茂が呼んだ。お登茂の幻影に導かれるまま、もがきあがいた。

黒々とした水草が川縁に繁茂していた。

やがて漆黒の夜空にかすかな青みが差し始めた。堤に木々の影が浮かんだ。

藤吉は水草の間を漂った。

いつしかお染は、藤吉の腕の中でぐったりとなっていた。

お染、すまない、お父っつぁんはおまえに、何もしてやれない。一緒に、おっ母さんのところへ、いこう……

藤吉はお染の冷たくなった身体を抱き締めた。

限界はとっくにすぎていた。小名木川の流れは冷たく、手足は凍え目は霞《かす》んだ。

お登茂の姿さえ川面にたち昇る靄の中に消え入りそうだった。

もう、三途《さんず》の川を流れてるのだろう。

楽になりたい――そう思ったのが最後だった。

お登茂の姿が見えなくなった。不意に目覚めたお染のか細い泣き声を、聞いた。

やわらかな、小さな泣き声だった。

そこに、自分の泣き声がまじった。

そのとき藤吉は、闇の底へと沈んでいきながら、人魂《ひとだま》が闇の底でちらほらと燃えているのを見た。

地獄の獄卒が、知らぬ名を呼んでいた。

「清太郎、甚二郎、おめえらにも……」

四

潮来《いたこ》出島の真菰《まこも》の中に
菖蒲《あやめ》咲くとは露知らず

と江戸中期の遊里に流行した俗謡・潮来節に唄われた潮来は、河岸場を中心に舟運と東北諸藩の江戸送り物資輸送の中継地として栄える在郷の町だった。

東は霞ヶ浦《かすみがうら》から北浦を経て利根川の本流に合流し、荒海鹿島灘《かしまなだ》の東端に突き出た銚子湊《ちょうしみなと》を結ぶ。

西と北は利根川とその支流を溯《さかのぼ》って上州や野州につながり、南は利根川境《さかい》河岸から江戸川をくだって、行徳に至り、船堀川と小名木川の水路を通して江戸の町とも舟運で結ばれていた。

潮来は公称は村だったが北関東屈指の賑わいを見せ、船着場には東北諸藩の蔵屋敷もおかれ、文人墨客《ぼっかく》、旅客や舟子《ふなこ》、近在の百姓、漁師、勤番の侍などを相手に茶屋や遊廓が軒をつらねていた。

霞屋を営む善右衛門の家は、元は霞ヶ浦は柏崎《かしわざき》の網元だった。

善右衛門の祖父の代に網元に見きりをつけて株を人に譲り、祖父は家族を引き連れ潮来に移って、一杯の平田船《ひらたぶね》を手に入れ、まだ十代の半ばだった善右衛門の父親と二人で、潮来と銚子湊、さらには利根川、江戸川、俗に言う行徳川、小名木川をたどる舟運業を始めたのだった。

潮来の歓楽街と大通りを隔てた蔵屋敷や商家などの建ち並ぶ商業地区の南西側が帆船が交《か》う広い水路に面した潮来河岸で、舟運業者の桟橋と店がつらなるその河岸場の一角に霞屋も店と住居をかまえていた。

三月のある朝、藤吉はその霞屋の八畳の離れ座敷で目を覚ました。開かれた腰障子と縁側が見え、庭の石燈籠《いしどうろう》と竹や梅の立木に瑞々《みずみず》しい日が差していた。庭を下男らしき年配の男が竹箒《たけぼうき》で、ざ、ざ、と掃いていた。

頬白《ほおじろ》が立木の間を鳴きながら飛び交っていた。

白い産着《うぶぎ》のお染が這ってきて、あぶ、あぶ、と可愛い声をあげながら藤吉の痩《こ》けた頬を叩《たた》いた。

生きている――お染の小さくやわらかな手の感触が教えてくれた。だが、ここはどこで、なぜ自分がここに寝かされているのか、藤吉は半ば夢見心地でこの奇跡のような状態を訝《いぶか》しんだ。

額と頬には晒しと膏薬《こうやく》、首から下の全身が晒しだらけのうえに浴衣《ゆかた》を着せられ、温かい夜着《よぎ》にくるまっていた。霞ヶ浦の山水を描いた襖が縁側の対面を閉じ、床の間に掛軸、違い棚に黄色い菜種の花を活けた花瓶が飾ってある。

枕元にちょこなんと座ったお染が、黒目がちな目を見開いて、藤吉の顔を不思議そうにのぞきこんでいた。

藤吉はお染を抱くため腕を動かそうとしたが、激しい痛みに襲われ、あちち……と顔をしかめたばかりだった。

庭掃除をしていた下男が顔を上げて藤吉と目が合い、にんまりと笑いかけた。

「目え覚めたか。いがったな。旦那さまに知らせにいぐっぺ」

下男が庭伝いに母屋の方に消え、しばらくときが経った。

生きている――ようやく実感がこみあげてきて涙がこぼれた。

お染が、あぶ、あぶ、とまた言った。

しばらくして日焼けした大柄な体軀に鈍茶《にびちゃ》色の羽織を着た五十三歳の善右衛門と、細縞の留袖《とめそで》を着て両手に角盆を持った四十八歳のお志摩が離れに現れたとき、お染は嬉しげにお志摩の方に這っていった。

お志摩は角盆をおき、満面に笑みを浮かべて両手を差し延べお染を抱き上げ、

「おお、可愛いっぺえ。いい子だ、いい子だ……」

とお染に頰ずりして慣れた仕種であやした。

そして夫とともに藤吉の枕元に座り、夜着の中から戸惑いつつ見上げている藤吉に、おっとりとした眼差しを投げた。

「気いついたか。よう助かったなあ。おめえさんは地獄の獄卒に追い払われて娑婆《しゃば》に戻された男だっぺ」

善右衛門とお志摩は声をそろえて、ふふふ、と笑った。その間もお志摩はお染

の機嫌をとってゆらゆらと腕を動かし、お染は機嫌のいい声をあげていた。

「どちらさまかは存じませぬが、わたくしと娘の命をお助けいただいたのでございますか。ああ、ありがたい。お礼の言葉もございません。わたくしは藤吉、江戸の商人《あきんど》でございます。娘の名はお染と申します。三月で八カ月になります」

藤吉は自由の利かぬ身体を起こし、掌を合わそうとした。

「いいっぺ、いいっぺ。大人しく寝てろ。傷に障《さわ》る」

善右衛門は藤吉を制し、言った。

「藤吉さん、おめえさんの運というより、この赤ん坊の運がおめえさんを救ったんだよ。なあ、おっ母あ、そうだっぺ」

「そうだあ。この子には神も仏もついてる。おめえ、お染か。可愛い名だねえ。さぞかし別嬪《べっぴん》さなるべいな」

「おらほうの商売《しょうべ》えは、潮来と江戸の荷物と人を運ぶ舟運業だで」

と善右衛門は表情と同じおっとりとした口調で、もう十日も前の二月下旬の夜明け前、中川と大川を結ぶ小名木川の川の中で赤ん坊の泣き声を聞きつけ、川に浮いている藤吉とお染を助け上げた経緯を語った。

「たまたま急ぎの荷物の遅れで、戻りの船出があの刻限になったで」

お染はすぐ元気になった。けれど満身創痍《そうい》の藤吉はとうてい助かるまいが、これも御仏《みほとけ》の導いた縁だと夫婦は考え、船の世事《せいじ》（船室）に寝かせて手あてを施し、潮来の店に戻ってからはこの離れで介抱を続けてきた。

そうして医者の診《み》たてで、藤吉が一命をとり留めたとわかったとき、「あり得ねえ」と善右衛門は内心思ったという。

「おめえさんは十日も寝たきりだった。ともかくも、おらほうには気兼ねなく身体の傷さ治して養生しやんせい。さっきも言ったが、おらほうにはおめえさんがたを川から拾い上げ世話するのが御仏のお導きだっぺ。御仏のお導きでなければこんな可愛い子を暗い川の中で見つけられるはずがねえ。だから……」

藤吉がそんな目に遭った理由は身体が回復するまで訊ねはしないし、ずっと語りたくないのであれば無理に詮索もしない。

「近ごろ江戸でどんなことがあったか、おらほうにもちらほら噂は聞こえてきやす。けどね、噂が嘘か誠かおらほうは知らねえし知る気もねえ。だがあの川の中で藤吉さんはお染を必死に守ってた。そのことだけは間違いねえ。おらほうは息子らとも話し合って、そんな藤吉さんを信じることにしたんだよ」

とは言え、身体の傷が癒《い》えたとき、お染のこれからのことも考慮し、

「おらほうにできることあれば言ってくれたらいいし、そしたらおめえさんの身のたつように少しは力になれると思うっぺ。だがな、このお染の先々のためをだいいちに考げえるのが、藤吉さん、親の務めだかんな」

と善右衛門は言った。お志摩がお染をあやしながら続けた。

「この盆に藤吉さんの身につけてた物がそろえてある。下帯とか紙入れなんぞとか。着物はずたずたで使い物にならねえから、倅《せがれ》のものだがこれを着ればいい。それと、血のついた刺身包丁を藤吉さんはぎゅっと握り締めてた。こっちは遣う隙《ひま》はねえからおらほうで預からせてもらってるよ」

「あ、ありがとうございます、ありがとうございます……」

藤吉はあふれる涙の中で、そう繰りかえすことしかできなかった。


日が経ち、藤吉の身体は見る見る回復した。

身の廻りの世話をしてくれる下女のおふきの肩を借りてだが、厠《かわや》にも立てるようになった。

「わたしが寝てた間は、これもおふきさんの世話になってたんですか」

厠からの戻りの庭の縁で藤吉は訊いたことがある。近在の百姓の娘だというおふきは、けたけたと笑ってこたえた。

「女将《おかみ》さんだあ。ここらへんでは女将さんのことを、霞屋の仏のお志摩さま、とみんな呼んでるべえ。女将さんは嫌なことつらいことはいつも真っ先にやる人だ。藤吉さんが助かったのも、女将さんの介抱のたまものだっぺ」

　おふきはまたこんなことも話した。

「女将さんには若旦那の清太郎さんの上に弥太郎《やたろう》という子供がいたが、早くに流行病《はやりやまい》で亡くしちまってね。女将さんがうんと信心深《ぶけ》え人になったのは、それがきっかけだっぺ。清太郎さんの三つ上だから、生きてたらちょうど藤吉さんくれえの年だっぺ」

　さらに日が経ち、藤吉は杖《つえ》をついてひとりで庭を歩けるまでになった。

　霞屋の人々の親切を、聞くたびに、見るたびに、受けてときをすごすたびに、藤吉の中に熱い感情がこみあげた。

　ああ、この果てしないご恩にどのように報いたらいいのだろうか。

　思い悩むほどに、それは藤吉の心に染みた。

　同時に肉体が甦るにつれ、藤吉の感情は激しい憎悪と怒りにはちきれそうな生きる意欲にかきたてられた。密かに暗く猛々《たけだけ》しく燃え滾《たぎ》り始めた。

夏が近づいた三月下旬の昼下がりだった。

しばらく顔を見せなかった善右衛門とお志摩が現れた。

お志摩はお染を抱いていて、お染を畳におろすと元気に離れを這い廻った。

善右衛門とお志摩は藤吉の枕元に座り、藤吉が上体を起こすのをお志摩が手伝った。そこへお染が這ってきて、藤吉の腕にすり寄った。

「やっぱり父娘《おやこ》だっぺ。お父《と》うがええが？」

お志摩が藤吉の腕にすり寄ったお染を見て微笑《ほほえ》んだ。善右衛門がそのお志摩の言葉を継いで言った。

「藤吉さん、お染をもらいてえと言う人がいるでがんす」

藤吉は黙って頷いた。

「江戸で名高い高級料亭の武蔵屋《むさしや》さんの息子さんご夫婦でな。わげあって子供ができねえで、いずれ養子縁組を考えねばならねえが、お染のことを知って先だってわざわざ潮来まで訪ねて見えたぐらいでな。ひと目お染を見ただけで、すぐそのまま江戸に連れ戻りてえほどのご執心だった」

「お染は、藤吉さんがよければ、おれらが娘にもらう気でいたでがんす」

お志摩が少し寂しげに言った。

向島《むこうじま》大川堤白鬚《しらひげ》神社前の高級料亭・武蔵屋は、善右衛門の祖父が潮来と江戸を結ぶ舟運業を営み始めたときからの霞屋には馴染みの深い顧客だった。

高級料亭・武蔵屋の名はむろん藤吉も知っている。

「おめえさんはこの先どう考えてるかわからねえが……」

とお志摩は言った。

可愛いお染を霞屋の養女にして、いずれは近在のそれなりの商家などに嫁がせるまで、善右衛門お志摩夫婦の元で育てることは、それこそ夫婦の望むところでさえある。

けれども、武蔵屋と言えば江戸の老舗《しにせ》料亭。その武蔵屋の若夫婦が、お染を拾った経緯のすべてを知ったうえでなお、お染をわが子にと望んでいた。

お染の先の幸せをだいいちに考えたなら、ここは武蔵屋さんにお願いするのがお染のためになる一番の道ではないかと、お志摩は続けた。

「ありがとうございます」

藤吉は深々と頭《こうべ》を垂れ、お染をぎゅっと抱き締めた。

「だけどね、ひとつだけ約束してほしいっぺ。武蔵屋さんはね、お染は自分たち夫婦の実の子として育てたいから、藤吉さんには今後、父親と名乗り出ねえでもらいてえと願っていらっしゃるのよ。お染のためにも、一生不通養子の一札をほしいと……」

「わたしに、子を、お染を捨てよということでございますね」

善右衛門とお志摩はこたえなかった。

藤吉の目から涙があふれた。藤吉はときがきたと悟った。この命の恩人の二人には知っておいてもらわなければならないときがきたと。

藤吉は自分の身の上と、自分らの身の上にあの二月の夜に何があったかを洗い浚《ざら》い話した。そして、

「お染はもはやわたくし以外、母親も祖父母も生きてはいない子でございます。ですが、決して卑しい心を持って生まれた身ではございません」

と言うと、お志摩は「可哀想に……」とお染を憐《あわ》れんで涙ぐんだ。

「霞屋さんのお情けをかけていただき、お染は果報者にございます。すべてを、霞屋さんにお任せいたします。なにとぞ、この子のために、よろしく、よろしくおとり計らいを、お願いいたします」

翌々日の夜明け前、藤吉は薄鼠《うすねず》色の袷《あわせ》を着流し、髯面《ひげづら》に月代《さかやき》が伸びたざんばら髪を後ろでひっつめた頭に豆絞りをかぶり、菅笠《すげがさ》と小さな風呂敷包みをたすきにかけ、素足に藁草履《わらぞうり》、杖の助けを借りて霞屋の裏のくぐり戸を抜けた。

あの刺身包丁を晒しに巻いた腰の一本差しが、すでに俠気《きょうき》を孕《はら》んでいた。

藤吉の旅だちに気づいたのは女将のお志摩ひとりだった。

お志摩は提灯を提げて晩春の朝靄に煙る水路沿いをいく藤吉を追いかけた。

「藤吉さん、その身体でどこへいぐ」

「女将さん、お世話になりました。ご恩は生涯忘れるもんではございません。なにとぞ、お染の身の上をよろしくお願いいたします。わたしはここから牛堀《うしぼり》に出て、北にとるつもりでおります」

「なんのために、何しに……」

「心の命ずるままに、としか今は申せません」

「待で。まだ道は暗い。この提灯を持っていげ。金もいるっぺえ」

「暗い道の明かりは、わたしのこの目が果たします。金は五尺七寸のこの身体が稼ぎます。心には女房のお登茂が生きております。どうかこれ以上のお気遣い、ご無用に願います」

「弥太郎」

お志摩が藤吉をなぜそう呼んだのかはわからない。

しかし、藤吉は、ふっと微笑み、

「おっ母さん、どうか、お達者で……」

と言い残すと、暗い夜道の彼方に消え去った。


三月下旬の夕刻七ツすぎ、北町奉行所の詮議所で帰り仕度をしていた晋作と谷川は、上役の柚木に呼び止められた。

「二人に話がある。きてくれ」

若い二人が呼ばれたのは、奉行がすでに奥向きに戻った薄暗い用部屋だった。

内与力の久米が、その薄暗がりの中で扇子を忙しなげに使いながら、柚木に伴われて二人がくるのを待っていた。

晋作とその斜め後ろに控えるように谷川が対座すると、久米はぴしゃりと扇子を閉じて言った。

「鼓、谷川、町会所の七分金積立の詮議はこれまでにしよう」

え？——薄暗さが四十代の久米の表情を隠していた。

胸の鼓動が激しく打った。予期していなかったのではない。だが予期はしていても承服し難い。おれは吟味方与力だという思いが脳裡を走った。

　晋作は胸の鼓動を抑えて言った。

「それはお奉行さまの、ご意向でしょうか」

「であるとも言えるが、そうではないとも言える。お奉行さまを支える北御番所支配役の総意だと、考えればよかろう」

「わたくしと谷川は、名主・逢坂屋、行方をくらました書役・藤吉、町方会所掛との関係と交付金の流れを調べ、いま少しで明らかになるところまで漕《こ》ぎつけております。ここで詮議を止めれば事の真相が……」

「だからこれまでなのだ。御番所の体面を傷つける事態は断じて避けたい」

「しかしこのままでは、書役・藤吉という男ひとりの仕業ということで一件がうやむやに終わってしまう恐れがあります」

「藤吉はもはや死んだ。それだけだ」

「それだけではありません。この一件が一書役の書付の操作だけでできる程度でないことは、前にも申し上げました。それでは御番所の体面は守れても、ご政道に傷がつくことになりませんか」

「ご政道にもいろいろな筋道がある」

「いろいろな？　真相をうやむやにすることが筋道ですか」

「鼓、もうよせ」

傍らで沈黙を守っていた柚木が、食いさがる晋作を止めた。

「しかし……」

「鼓、ここは一歩さがろう。おぬしらの先は長い。次の機会を待て。そういうときもあるさ。わかるだろう」

晋作は黙った。晋作にはよくわかっていた。自分のささやかな抵抗など、所詮、虚しいことをだ。

「気配りを働かせて、みなさまに可愛がっていただくように。決して我を張って角をたててはならんぞ。おまえは少し融通の利かぬところがある」

諸問屋組合再興掛与力をお役目一筋に務めてきた父の言葉が頭をよぎった。

物わかりよく聞き分けるのが大人だろう。みんなそう言う。

晋作が頭を下げると、久米は扇子を開いて、また忙しなげに扇《あお》ぎ始めた。

晋作と谷川が奉行所を出たとき、町はもうすっかり暮れていた。

二人のあとに槍持ちと挟箱持ちの中間が従っていて、四人連れは八丁堀には真っ直ぐ戻らず、日本橋川沿いの日暮れの堤を所在なさげにぶらついた。

箱崎橋から堀川沿いをとって、大川の対岸に灯る町明かりを眺めながら大橋の方角に向かった。目的があってその道をたどっていたのではない。晋作の足が自然にそちらに向き、谷川も何も訊ねなかった。

堀川の両岸に武家屋敷が続き、堀川端には船宿の明かりがつらなっている。田安さまの下屋敷の白壁と黒い樹木の陰が、闇の中にぽうと浮かんでいた。

宵闇に隠れて見えないが、前方の大川向こうの町明かりの途ぎれたあたりが小名木川と大川の合流口だろう。

船宿の舟だろうか、川中を提灯の灯が櫓《ろ》の音を軋ませ流れていった。

小名木川の流れの先は、中川、江戸川を越えて、はるか関東の大地を滔々《とうとう》と流れる利根川へとつながっていく。晋作は利根川を見たことがなかった。果てしないと人に聞いた関東の大地を見たこともなかった。

「礼さん、おれは江戸の外にいったことがない」

「わたしもです。父は古い頑固者で、江戸は諸国一の町だとよくわたしに言いますが、江戸の外にはもっともっと広い世界があるんでしょうね」

「あいつは今ごろ、関八州のどこに、いるんだろう」

「え?」

と谷川は訝しげな表情を、暗い大川から晋作に向けた。

「礼さん、おれはね、小名木川に身を投げた藤吉という男が、おれのいったことのない関八州のどこかで生きているような気がするんだ。なぜなんだろう。藤吉なんて知らない男なのに、とき折り、そいつが関八州を逃げ廻っている姿が目に浮かんでね、せつなくなることがあるんだよ」

だから思わず、足が向いたのかもしれなかった。

「晋さん、打ち上げに今夜はぱっとやりますか」

谷川が明るい口調を装って言った。

「そうだね。やろう。ぱっと……」

晋作は谷川にふりかえり、まだ少年の面影を残した表情に笑みを浮かべた。

暖かい夜だった。江戸はもう夏の気配がした。

第二章　八州旅烏

一

文政《ぶんせい》元年（一八一八）五月上旬の夏の午後、奥州《おうしゅう》道中を氏家宿《うじいえじゅく》より喜連川《きつれがわ》宿まで二里四丁、その街道はずれの丘陵《きゅうりょう》沿いに続く、土地の人間にもめったに出会わない寂しい林道を、ひとりの旅人《たびにん》が北にとっていた。

棒縞木綿《ぼうじまもめん》の廻《まわ》し合羽《かっぱ》に紺地の単衣《ひとえ》、手甲脚絆《てっこうきやはん》、素足に草鞋《わらじ》、破れ三度笠《さんどがさ》で顔を隠し、肩にふり分け行李《こうり》に一尺八寸の脇差《わきざし》を合羽にくるみ腰に差している。

楓《かえで》や杉の木漏れ日が西に傾いて、旅人の破れ笠の間から、汗にまみれた無精鬚《ぶしょうひげ》の不機嫌そうな童顔を焼いていた。

年は十八、九。背はひょろりと高いが頬《ほお》は瘦《こ》け、水ばかり飲んで湿った赤い唇に咥《くわ》えた枯れ草が、若い旅人のひもじさを堪《こら》えさせていた。

旅人は昼すぎ五行川《ごぎょう》を渡った。日暮れ前に喜連川宿の棒鼻《ぼうはな》（はずれ）、塩那丘陵《しおな》を流れる那珂川《なか》の支流・江川《え》西側の村々を縄張りにしている貸元・井の頭《い　がしら》の勝蔵《かつぞう》親分の元に草鞋を脱ぐつもりでいた。凶状持ちの急ぎ旅ではなかった。

子供のときから手のつけられないいたずら餓鬼《がき》で、形《なり》が大人並みになるころには村の悪餓鬼らとつるんで博奕《ばくち》を覚えた札つきの不良だった。

貧しい半農半漁師の父親に「おれは博徒《ばくと》になる」と言い捨て、ぷいと故郷常州《つねしゅう》手賀《てが》村を飛び出したのが一年と十カ月前。

地元貸元の添書《そえしょ》をもらって初旅を装う知恵も働かず、初めは自由気ままな博徒渡世を気どった楽旅が、持ち金はたちまち使い果たし、毎日が食うだけは困らなかった親元でのありがた味が身に染むひもじさとの闘いとなった。

添書のない旅人の草鞋銭はせいぜい二分《にぶ》。

旅人渡世の草鞋銭を五両十両と包ませる一廉《ひとかど》の男になるために、博奕打ちかどこかの出入りで派手な働きを見せ、名を売らなければならない。

早い話が凶状持ちになるのである。けれど、思う心と身体は裏腹に干戈《かんか》きらめく出入り場の命にかかわる斬《き》り合いとなると相手もほとんどが同じ助《すけ》っ人《と》稼ぎ、そうは簡単に問屋が卸さなかった。

だらだら道の片側は丘陵がくだっていて、丘陵を覆った笹藪《ささやぶ》や樹林の先に田植えが終わったばかりの水田が、西日を浴びてきらきら光っていた。

江川東南側の村を縄張りにしている那須《なす》の繁治《はんじ》が、江川を挟んだ井の頭の勝蔵の縄張りに手を広げようとして睨《にら》み合いが続いている噂《うわさ》を聞いたのは三日前、足利《あしかが》街道の宿場でだった。

両一家とも旅人を永逗留《ながとうりゅう》させ、出入りに備えているというのだ。

若い旅人の背中にぞくりときた。久しぶりの出入りである。

初めてではないが、まだ人を斬ったことはない。

今度こそ、やってやるぜ――旅人は意気ごんだ。

このおよそ二年の間、助っ人で何度か草鞋を脱いだ経験はある。だが、たいてい地元の顔利きの仲人《ちゅうにん》が入り、手打ちになった。

出入りは金がかかる。助っ人を雇わなければならないし、馴染《なじ》みの親分衆に応援を頼むにしても、ただというわけにはいかない。死人《しびと》が出たら弔《とむら》いも出さなければならない。だから、なるべくなら手打ちのほうが安上がりなのである。

今年の一月、旅人は上州新田郡《にったごおり》で初めての出入りを体験した。

そのときは無我夢中で、男らの後ろで雪の中を駆けているだけで終わった。

懐紙に包んだ小判らしき草鞋銭を受けとっている同じ助っ人稼業の渡世人を横目で見て、「おれも早くああならなきゃあ」と思った。

日がはるか野州から上州の青い山嶺《さんれい》の彼方《かなた》に隠れ、空が真っ赤に焼けるころ、旅人は石垣堤の段丘《だんきゅう》の道をのぼって、江川の流れが見おろせる井の頭の勝蔵一家の土間で、若い家の者に仁義をきっていた。

旅人は笠と合羽、脇差の柄を後ろ向きに左脇下に抱え、土間続きの障子敷居に右手を拳《こぶし》にしておき、

「お控えなさいまし」

とやり、相手が「お控えなさい」とかえし、それを三度繰りかえして家の者が、

「逆とは思いますが、お言葉に従い控えますからご免なさい」

と控えてくれて、ようやく挨拶《あいさつ》ができた。

これが貫禄《かんろく》のない旅人と舐められると五回六回と繰りかえすことになる。若い旅人はよくそれをやられた。ただ今夜は出入り前の人手のほしいときのため、家の者は旅人の貫禄などにかまっていられなかったのだろう。

「かよう不様にて失礼ですがお控えなさい。自分ことは、常州霞ヶ浦は手賀村にございます。名前の儀は小六《ころく》と申しまして、しがない者でございます。今日こう

お見知り合ってお引きたてのほどお願い申し上げます」

家の者が挨拶をかえし、そこで小六は上がり端《はな》の畳に七三に腰をかけ言った。

「懐中おゆるしをこうむります」

「さあ」

小六は手拭《てぬぐい》を出し、相手の前においた。

「なにとぞと心得ましたが、御目見《おめみえ》のとおりしがない若い者の旅中《たびちゅう》でございます
……」

定法の口上を述べ、相手が、

「これはなによりのご進物、辞退いたすのが本意でござんす。それではかえって失礼さんにござんす。遠慮なく頂戴《ちょうだい》つかまつります」

と、手拭を受けとってひとまず仁義は終わる。

小六はふりかえらずいったん表に出て、自分で裏へ廻り、井戸端で手足を洗い、身体の汗を急いで拭き、台所に上がった。

さっきの若い家の者が箱膳《はこぜん》と飯櫃《めしびつ》を出してくれる。

お采《かず》は一汁一品で、冷や飯を自分で給仕する。

「ご当家親分さん姐《あね》さん、いただきますでござんす」

小六は奥にひと声かけ、それから昼からのひもじさに耐えた空きっ腹に冷や飯をかきこんだ。台所も奥の方も静かだった。出入りと言っても田舎《いなか》の貸元はのんびりしたもので、小六の飯をがっつく音だけがぼそぼそと続いていた。

と、一心不乱に飯をかきこんでいる最中、小六は台所の板敷きの土間側の薄暗がりに濃い茶の着流しに片膝をたてた男がさっきからうずくまっていたことに気づいて、思わず箸《はし》を止めた。

男は伏目がちに月代《さかやき》の伸びた頭を落とし、何か考え事に耽《ふけ》っているみたいだった。急速に日が暮れ、薄暗い台所の中で男の年恰好《としかっこう》はわからない。

男は小六に関心を払わず、咥えた煙管《キセル》に煙草《たばこ》盆の火をつけた。

「向かいましての兄さんとは、初の御見にござんす。あっしは常州手賀村小六と申しやす。そちらにおいでなさんしたとは気がつきませず」

すると男はひどく低く響く声で、

「ご無礼さんだが、わけあって急ぎ旅の身。仁義は略させてもらいます」

と小六の口上を制し、痩《や》せた身体で板敷の暗い澱《よど》みをきり奥に消えていった。

男は他人のことはかまわず自分のこともかまってほしくない、旅の博徒の中にまれに見られるそういう気質を持った男らしかった。男がいなくなったあとの薄暗がりの穴があいたような板敷きに、煙草盆がぽつんと残っていた。

「ちぇ、なんでい」

それが男との最初の出会いだった。小六はどんぶり飯の続きに戻った。食うことに気をとられ、男のことはすぐ頭から消えた。

飯がすむと自分で膳を片づけ茶碗も洗う。

さっきの家の者がきて、小六を旅人部屋に案内した。

八畳と十畳くらいの続き部屋で、家の者が行灯《あんどん》に火を入れると、十数人の男らが、それぞれの使う布団を重ねたそばでごろごろしていた。男らは新参の小六に品定めをする一瞥《いちべつ》をくれたが、すぐに孤独慣れした自分の殻《から》に戻った。

表に通じる八畳の廊下側の障子のそばが空いていた。そこにも一組の布団が重ねてある。小六は荷物をおいた。奥は先にきた者が占める。万が一殴りこみをかけられたとき、廊下側は敵に一番近い位置になるからだ。

ほとんどみな押し黙っていた。四、五人が車座になって花札を始めた。

すとんと尻を落として隣を見ると、さっきの台所の男だった。

小六は、「あ、さっきは……」と言い頭をちょこんと下げた。うな垂れていた首をおもむろに上げた男が、案外、愛想のいい会釈《えしゃく》をかえしてきた。

男は小六よりだいぶ年上だった。五十の老成した感じにも精悍《せいかん》な三十男にも見えた。なによりも、月代が伸びて額にかかったあたりから、眉間《みけん》、頬にかけて顔面を走る古傷が、それ以上話しかける意欲を奪った。

顔の古傷は、ときの長さではなく経験の分厚さで無職《ぶしょく》渡世を送ってきた印象を男の表情に与えた。だから男の年齢をわかりにくくしていたのかもしれない。

ほどなく外は暮れた。蛙《かえる》の鳴き声が聞こえてきた。半月が昇り夜の帳《とばり》に薄っぺらな光を差した。障子を開けた板廊下の向こうに裏庭が開け、背後の小山の黒い陰が不気味だった。大きな納屋が一角にあり、牛の鳴き声がした。

小六が荷物を解いていると、納屋の戸が開いて長い髪を後ろにぞんざいに束ね背中に垂らした女が両腕に竹棒をどっさり抱え、ずりながらがらと地面に引きずりながら出てきた。

月明かりでは年や器量まではわからなかったが、女は痩せた身体つきで竹棒の束を持て余していた。部屋の中の男たちは見向きもしなかった。

分けて運べばいいものを——小六は少し苛《いら》ついて女を見つめた。

ちぇっ、と吐き捨て縁側から月明かりの庭に下りた。黙って放っておけない自分が癪《しゃく》だったが、渡世人のくせに小六はそういうところのある男だった。

まだほんの小娘だった。質素な格子木綿の単衣を裾端折《すそはしょ》りにしていた。

「ねえさん、手伝ってやるよ」

小六は女に近づき、気安く言った。女は驚いた顔で小六が竹棒の束の後ろを勝手に持ち上げるのを見つめていた。何も言わなかった。

「さあいこう。どこへ運ぶんだい」

そう促すと、女は小六の親切に戸惑うかのように前を向いた。黙って庭を歩き、表口の土間に入り、壁際に竹棒の束を転がした。

「これでいいのかい。ほかには？」

女は顔を左右にふった。十五か十六、上背は人並みにあった。だが薄い身体つきが幼かった。寂しそうな上目使いで小六を見上げた。

そこへ、土間続きの畳の部屋から、見知らぬ若い家の者が障子を少し開けて土間の二人をのぞき、すぐに顔を背けて奥へ消えた。

すると女もくるりと踵《きびす》をかえし、土間伝いに奥へ走り去った。

家の中は相変わらず、これが出入りの前かと疑うほど静かだった。

拍子抜けした思いで小六は旅人部屋に戻った。

もう布団にくるまっている男もいた。だが隣の傷の男はいなかった。

小六は手拭を肩に厠《かわや》にいき、それから長旅で火照《ほて》った身体を洗うため、井戸端に廻った。そこで小六は足を止めた。

井戸端に先客がいた。先客は全裸で水を勢いよく浴びていた。

先客の引き締まった背中とくびれた胴廻りに尻から伸びた長い足が、月光の下で透明の水をはじきかえしていた。身体を伝う水が銀色の雫《しずく》になって垂れた。

それはまるで何かの修行で水を打たせ、神がかった清めを執り行なっているような近寄り難さを漂わせていた。

同時に小六は息を呑んだ。先客の銀色に輝く背中から尻にかけて皮膚を抉《えぐ》る線を描いた古い刀傷が見えたからだ。刀傷は肩や首筋の皮膚も抉っていた。

胸がざわついた。凄《すさ》まじいと思った。見てはならないものを見たと思った。

そのとき男が小六をふりかえった。薄い月光が男の顔の傷に陰影を描いていた。

隣の男だった。男の低い声が暗闇を一喝した。

「誰だ」

戦慄《せんりつ》が走った。小六が人を恐いと思ったのはそのときが初めてだった。

小六は旅人部屋に逃げ帰り、布団を頭からかぶった。

旅人部屋が騒然としていた。

始まった。外はまだ暗い。小六は布団から跳ね起き慌てて仕度にかかった。

隣の男はすでに用意をすませ、脇差の柄の握りを掌《てのひら》で確かめていた。

男たちの怒声と庭先を走る集団の足音が緊迫感を伝えた。がらがらと竹が鳴っている。竹槍《たけやり》だろう。夕べ女と運んだ竹の束を思い出した。

用意をすませた旅人が続々と部屋を出ていく。

廊下をどすどすと踏み鳴らす音がひっきりなしに続いた。

小六は新しい草鞋を素足につけていた。指が震え焦った。

と、草鞋をつけていた小六の足元にひとそろいの黒足袋《くろたび》が投げられた。顔を上げると、隣の男が自分の手元に目を落としたまま低い声で言った。

「兄さん、夕べは驚かせてすまなかった。お節介なようだが、足袋を使いなせえ。夢中になると裸足《はだし》は怪我をしやすい。小さな怪我が命とりになる」

小六は自分が頷《うなず》いているのか、震えているのかわからなかった。

小六が裏庭から表へ廻ると、二基の篝火《かがりび》が音をたてて夜空を焦がしていた。

表戸をとり払った土間に太った年配の男が床几《しょうぎ》にかけ腕を組んでいた。たぶんあれが井の頭の勝蔵だろう。黒帷子《くろかたびら》、白襷《しろだすき》白鉢巻の拵《こしら》えに紺羽織を肩に羽織り、左右にずらりと同じ黒の帷子白襷白鉢巻の乾分《こぶん》らが居並んでいた。

乾分は二十人以上いる。竹槍を手にした若い者らも顔をそろえている。

こんなにいたのか。小六は思った。

前庭に集まった助っ人に荒縄の襷と目印の白鉢巻、竹槍、握り飯をわたしていたのは夕べの若い女だった。

助っ人に握り飯をわたしていたのは夕べの若い女だった。

女は昨日と同じで、何か言いたそうな目で小六を睨んだ。

助っ人は二十人足らず。それでも頭数は四十人にはなる。

勝蔵のそばに四斗樽《しとだる》がおいてあり、鏡割りを待っている。そこへ近在の親分が十数人をつれて応援に駆けつけたから、男らの間で歓声があがった。

勝蔵と新参の親分が土間で手を握り合い言葉を交わしたあと、それぞれの代貸らしき乾分の四人で鏡割りが行なわれた。それから勝蔵が叫んだ。

「てめえら、男見せろ。でれすけな那須の連中をおっ飛ばせえ」

おお——総勢五十人を超えた男らの雄叫《おたけ》びが乱れ、清めと景気づけの酒を含むと、二人の親分を先頭に、乾分連中、助っ人と続いて江川堤に繰り出した。

家の女らが石堤の上から見送った。夜はまだ明けぬが、段丘の坂道から見おろす黒い大地をくねる江川の川面に、東の空の朝焼けが映っていた。

百姓家が夜明け前の暗がりの彼方に点在している。

「このままじゃあ埒《らち》あかねえ、決着をつけよう」

井の頭の勝蔵と那須の繁治が腹を決めた喧嘩場《けんかば》が、江川を越えた塩谷《しおのや》の荒地だった。

明け六ツ（午前六時）。勝蔵一家が荒地に到着したとき、繁治一家はすでに勢ぞろいしていた。双方が十間の間隔をおいてずらりと横隊になった。朝焼けの空は白み、相手の顔が見えた。小六は生唾を呑んだ。喉がからからに渇いた。

夏草が生い茂り、灌木《かんぼく》が荒地を囲んでいた。

繁治一家は三十人ほどで明らかに勝蔵の勢力より劣っていた。だが繁治は意気軒昂《けんこう》だった。乾分が棒にわたした宮太鼓を担ぎ出していて、勝蔵との縄張り争いで己の主張を披瀝《ひれき》すると、どどど……と打ち鳴らし、男らが喚声をあげた。

勝蔵は土地の貸元同士のとり決めを破った繁治をなじった。しかし繁治は、こすっからい古狸《ふるだぬき》と勝蔵を罵《のの》り、またしても太鼓が打ち鳴らされ喚声があがった。

勝蔵は興奮も露わに罵りかえすが、打ち鳴らす太鼓の音に邪魔されてしどろもどろになった。ここらで仲人が、「待てえ」と駆けつけ仲裁に入るものだが、その朝はそれもなかった。異様な興奮が両家の間にぎりぎりまで滾《たぎ》った。

空を烏《からす》の群れが飛び廻りしきりに鳴いた。興奮した勝蔵が先に怒鳴った。

「太鼓打たすな。ぶっ飛ばせえ」

わああ――喚声が野面《のも》を包んだ。それが始まりだった。

真っ先に助っ人が駆け出す。小六は後ろから押され喚《わめ》き突進した。

たちまち間隔が縮まった。助っ人同士が雄叫びをあげて正面から衝突した。

得物が凄まじく打ち鳴り、ぶつかり合った男らの肉と骨が軋《きし》んだ。

早くも、先頭の数人が悲鳴をあげて草の中に転がった。

小六は夢中で倒れた味方に打ちかかる男の脇腹を竹槍で突いた。

竹槍は硬くするため、尖りの先を火で焦がし焼きを入れている。

その先端が男の脾腹《ひばら》を薄く掠《かす》めてすり抜けた。男は絶叫をあげ、身を捩《よじ》った。

と、傍らから脇差で斬りかかる別の男が見えた。

「きやがれえ」

小六は叫び竹槍で突いた。男は竹槍を薙《な》ぎ払い、上段から打ちこみ、小六が防いだ竹槍をつかんで半ばからへし折った。

色の黒い痩せた男だった。表情がない。ぐいぐい押してくる。前後左右でもみ合う男らと肩や背中がぶつかり、突きかえされる。

小六は竹槍を捨てて脇差を抜きたかった。だが男はそうはさせまいと押しまくる。小六は突き倒された。灌木の枝が背中にあたり、めきめきと折れた。

男が白々とした空を背に刀をふり上げた。

その男の傍らから黒い影がぶつかった。男は絶叫して腹を押さえ横転した。男の腹から血が噴いた。小六は起き上がりつつ脇差を抜き影を追ったが、混乱の中で誰が誰だか見分けることもできなかった。

新たなどよめきが起こり、百人近い男らの白兵戦が始まった。

乾分も助っ人もない乱戦になった。太鼓が絶えず打ち鳴らされていた。

小六は打ちかかる刀や竹槍を払い、相手もわからず斬り結んだ。味方の走る方角につられて走った。途中、肩を薄く斬られたが痛みは感じなかった。

数に勝る勝蔵一家が次第に押し気味になった。

やがて太鼓の音が、どろどろどろ……と鳴った。

それを合図に劣勢の繁治一家が引き始めた。繁治一家の引き足は早かった。

勝蔵は脇差をふりかざし「押せえ、押せえ」と絶叫した。

灌木の間を抜けるとなだらかな坂道がくだり、左右に田植えの終わった水田が広がっていた。水田では朝の早い百姓らがそこかしこで草とりをしていた。百姓らはやくざの喧嘩に慣れているのか、逃げもせず成りゆきを眺めていた。

繁治一家も水田に逃げて、水田を荒らしたり、かたぎの百姓を巻きこんだりはしない。やくざの喧嘩の定法である。

道は水田の間を延び、途中からゆるい上り坂になって前方の櫟林《くぬぎばやし》につながっていた。林にとり囲まれた茅葺《かやぶき》の百姓家が見えた。

引いていく親分の繁治と太鼓を守る男らが、その家の庭に逃げこんでいく。

おかしい。そこで気づかなければいけなかった。

追いかける勝蔵一家も先頭が庭に突入し、庭で態勢を整えた繁治一家ともみ合った。庭に入りきれない勝蔵一家の男らが狭い道にあふれた。

鶏が奇声をあげ、犬が吠《ほ》えて走り廻った。

そのとき、太鼓の音がまた威勢よく、どど……と打ち鳴らされた。

すると、勝蔵一家の男らの目に信じられない光景が映った。さっきまで水田で草とりをしていたはずの十数人の百姓らの集団が、いつの間にか手に手に脇差や竹槍をかざし、喚きながら背後の道を駆け上がってきたのだ。

水田の百姓は繁治の乾分らが変装して待ちかまえる伏兵だった。

勝蔵一家は背後から新手《あらて》に突かれて混乱に見舞われた。俄然、庭に逃げた繁治らが逆襲を始める。さらに、火花を散らす道の前方から、それも草むらに潜んでいた三人の助っ人の浪人が道に現れるや、まっしぐらに斬りこんできた。

勝蔵一家はあっという間に崩れた。

道の前後、庭の側面から圧力を受け、助っ人、乾分入り乱れ悲鳴をあげて櫟林に逃げまどった。逃げ遅れた者は追っ手に斬り刻まれた。

太鼓の音が不気味に鳴り続けた。小六は恐怖に捉《とら》われた。逃げ廻る味方からはぐれないように必死に走るばかりだった。すぐ後ろに迫る気配があった。

「待て、この野郎」

と声が聞こえ、背中を竹槍で突かれた。

小六は前につんのめって木にぶつかり、よろめいたところに左腰を抉られた。草地に転げ、激痛で身体が痙攣《けいれん》した。ふりかえると、月代の伸びた浪人が脇差を握った小六の右腕を踏みつけ、止めを刺そうとした。

あわわわ――小六は喚いた。

その刹那《せつな》、またしても影が交錯し、浪人がぐにゃりと小六に覆いかぶさってきた。浪人はうめき、首筋から噴いた血が小六の顔に飛び散った。

小六は断末魔の浪人の身体を押し退《の》け、林の中の草地を這った。

鬼神がひとり、木々の間を縦横に斬り廻っていた。仕こみのような得物を逆手にふりかざし、右手の脇差が朝の木漏れ日の中できらきらと光った。迫る男らは二本の牙《きば》に次々と食い破られ、倒され、悲鳴とうめき声の中でのたうち廻った。鬼神がふりかえった拍子に顔の傷が見えた。

かえり血を浴びた鬼神が笑っていた。

男らの怯える叫び声が獣の咆哮にまじって聞こえた。

「斬られ弥太郎だ」「死神弥太郎だ」……

二

小六は納屋の片隅の日も差さない板敷きに寝かされていた。黒ずんだ天井裏の木組に蜘蛛《くも》の巣が張っていた。裏山で油蟬《あぶらぜみ》が鳴いていた。土間を踏み鳴らす牛のひづめの音が、とき折り、ごとんごとんと響いてくる。

小六はそっと寝がえりを打った。傷の痛みはだいぶ和らいだ。だがひとりで旅を始めるのは無理だった。杖《つえ》なしでは足がもつれた。

表口と裏口が風通しに開けてあるが、板敷には湿った暑気が澱んでいた。裏口の外に繁る銀杏《いちょう》の緑が、夏の光の下で鮮やかに映えていた。

あの朝、勝蔵一家と繁治一家の出入りは決着がつかず双方がいったん引いた。総崩れの勝蔵一家を救ったのは《斬られ弥太郎》と、関八州の博徒の間で名の知られた渡世人の鬼神のごとき働きによってだった。

勝蔵自身も繁治一家の手の者に追いつめられ、水田の中を泥にまみれて逃げ、かろうじて一命をとり留めた。無傷で戻った者は半数以下だった。

けが人の数は繁治一家のほうが少なかった。しかし繁治一家が優勢だったにもかかわらず、死人の数は勝蔵側の倍近く出た。

「斬られ弥太郎が死神をつれてきやがった」

繁治側の助っ人や乾分の間でささやかれ、それが勝蔵側にも広まった。

凄まじい働きだった。小六が林の中で見た光景は、手足が飛び、首が落ち、血が雨のように降る凄惨《せいさん》な殺戮《さつりく》の場と化した修羅だった。

そして優勢なはずの繁治の乾分らが悲鳴をあげて逃げまどう姿だった。

結局、出入りは地元の顔利きが仲裁に入って手打ちになった。田舎やくざの小さな喧嘩のはずが、あまりの死傷者の多さに、喜連川藩がとり締まりに乗り出すという噂が流れたためだ。勝蔵は縄張りの一部を失っただけですんだ。

けれども勝蔵は不機嫌だった。一部とはいえ縄張りを失った屈辱以上に、負傷した多数の助っ人の面倒を見るのに費用がかさんだからだ。

「いつまでもてれてれされたんじゃあ、飯がいるでかなわねえ」

と露骨に嫌な顔をした。治療にも金がかかる。しわい男だった。

弥太郎が表口から戻ってきて、板敷に上がった。あの日、喧嘩場で見た濃茶の単衣の背中を小六に向け、筵《むしろ》に胡座《あぐら》をかいた。

煙草盆の煙管を咥えた背中が何か思案している格好だった。

あの背中一面に傷が走っている。井戸端で見た傷跡を小六は思い出した。

小六は何人かの重傷者の中で最もひどい傷だった。

「こりゃもう、あんべえ悪りな。助からねえべ」

勝蔵は言った。見放せばそうなった。だがなぜかは小六にわからなかったが、弥太郎が残って小六の面倒を見たのだった。

傷の癒《い》えた助っ人が早々に旅だったあと、小六だけがまだ旅だてなかった。弥太郎が残ってくれたお陰で小六は追い出されなかった。さすがに勝蔵も出入りで鬼神の働きをして一家の崩壊を救った《斬られ弥太郎》が面倒を見ている怪我人を追い出すことはできなかったのだろう。

ただ小六と弥太郎の寝起きの場所をその納屋の板敷に移した。

「役人の目が何かとうるせえで」

勝蔵はそう言いわけした。弥太郎は顔色ひとつ変えず、小六を背負って納屋に移った。竹棒の束を運んでいたあの女が弥太郎を手伝った。

お菊《きく》さん――弥太郎がそう呼んでいたので女の名前がわかった。

近在の百姓の娘で、両親を失い叔父《おじ》の家で暮らしていたが、博奕の借金の形に、七両か八両で勝蔵に買われてきた端女《はしため》だった。

年は十七。瘦せた小柄な女、と言うより娘だった。初心《うぶ》な顔だちでほとんど口を利かなかった。意志を表すときは相手を睨むように見つめ、頷いたり首を小さく左右にふったりするだけだった。

だから小六はお菊の声を聞いたことがなかった。

いつも同じ細格子の木綿の帷子を裾端折りにして立ち働いていた。

そのお菊が小六の飯を運んでくるついでに、小六の傷の手あてから寝起き、厠の面倒まで黙々と見て、弥太郎を助けた。

「すまねえ、お菊さん」

小六が言っても、お菊は押し黙っているだけだった。

数日前の夕方、何があったかはわからないが、台所の土間で勝蔵がお菊を折檻《せっかん》していた。若い乾分やほかの下女らの前で、台所の土間に頭を抱えてうずくまったお菊に、竹棒が割れるほどの激しい打擲《ちょうちゃく》を繰りかえしていた。

「何度言ったらわかるんだ。気の廻らねえあまっこだ。誰のお陰でままが食えてると思ってやがんだ。てめえには七両の金がかかってんだぞ。てめえの仏頂面見てると鬱陶《うっとう》しくてならねえんだよ」

勝蔵は顔を真っ赤にして、汗と唾を飛ばしていた。お菊はじっとうずくまって泣き声もあげなかった。それが勝蔵をよけい苛だたせるのだろう。

たまたま弥太郎の肩を借りて、井戸端にいたときだった。

勝蔵は井戸端の弥太郎と小六を睨んで、台所の障子戸をばたんと閉めた。

夕暮れ遅く、お菊が飯を納屋に運んできた。いつもどおり小六の世話を黙ってやった。小六が笑いかけたが、お菊は何も言わず土間に下りた。

だがそのあと、お菊は古い角《かく》行灯の明かりがぼんやりと照らす納屋の牛のそばにうずくまった。痩せた背中が小さく震えていた。

牛がごとんごとんと土間を踏み鳴らした。牛も何かを感じるのか、むうう、と低くうなった。蛙が納屋の外で盛大に鳴き声をあげていた。

小六はお菊の震える背中に声をかけてやりたかった。だが小六に何が言えただろう。弥太郎は板壁に凭《もた》れて目を落とし、煙管を吹かしていた。

油蟬の声が姦《かしま》しい。もう夏の盛りはとうにすぎていた。

「弥太郎さん」

小六が弥太郎の背中に声をかけた。弥太郎がふり向いて穏やかに笑った。

「起きたかね。厠かい」

「いえ。夏もそろそろ、終わりでやんすね」

「そうだねえ」

「ずいぶんと、面倒をかけちまいやした」

「物好きでやってんだ。気にしなさんな」

弥太郎は荷物の中から矢立《やたて》と筆を出し、分厚い帳面に何か書きつけ始めた。ときどき、夜も行灯の下で書きつけている。変わった出来事があると、必ずその出来事と刻と場所を書き留めておくのだそうだ。

「小六さん、これから先、どうなさるつもりだね」

普段は自分のことはいっさい語らないし小六にも何も訊ねない弥太郎が、珍しく小六に訊いた。

「へい。傷が治ったら、またあてのない旅烏《たびがらす》に戻りやす」

「小六さん、傷はそれ以上治らねえ。旅人《たびにん》稼業は無理だと思いやす」

ええ？

小六は上体を重たげに持ち上げた。杖があればひとりで歩けるまでに回復していた。左足を引きずるが、杖がなくても歩けないわけではない。

「傷が治らねえって、そ、それはどういう意味なんだっぺ」

「だから、旅暮らしは、無理だと……」

小六は怯えたような目を弥太郎に向けていた。両足をもがかせ布団を出て、板敷を這った。いつきたのか、戸口にお菊が着替えの肌着を持って立ち、二人の話を聞いていた。

弥太郎はお菊を一瞥し、それから小六に視線を向けた。

「さっき、勝蔵親分に釘《くぎ》を刺されやした。潮どきだと。小六さんは常州の手賀村でやしたねえ。あっしは潮来に用がある。あっしが送りやす。親御さんのいる郷里に戻りなせえ。あんたはまだ若い。いくらでもやりなおせる」

小六は男の声を聞いた。涙が頬を伝い、それが自分の泣き声だとわかった。

お菊は戸口の光の中に佇《たたず》んだまましまうつむいていた。

裏山で油蟬が火がついたように姦しく鳴いていた。

翌日、夜明け前の朝靄《あさもや》の中、三度笠に木綿地の茶色棒縞の丸合羽を引き廻し、肩にふり分け行李の弥太郎と小六が、勝蔵の家から段丘の坂道を江川の方にくだっていた。

一番鶏《どり》がさっき鳴いて、樹林の果てより寺の鐘が聞こえてきた。

小六は弥太郎が拵えた頭に横木のある鹿杖《かせ》を脇に挟んでいた。

見送る者とてないひっそりとした旅だちだった。

二人は烏山から那珂川渓流の往還をくだり、水戸へ出て水戸街道、竹原《たけはら》から小川《おがわ》、玉造《たまつくり》、手賀村へと南に道筋をとるつもりだった。

一日目は小六の足の具合を見て烏山で最初の宿をとった。

二日目は厚い雲の垂れこめた朝になり、昼前から雨が降りだした。

その日のうちに常州の長倉《ながくら》か野呂《のろ》に入るつもりが、ひどくなる雨に降りこまれ、那珂川を南に渡る手前の鷲子山《わしこやま》の草深い麓《ふもと》の辻堂で雨をしのぐことにした。

雨は夕暮れが近づいても止まなかった。草木が雨に打たれて騒いでいた。

雷鳴がとどろき、雨水が車軸を流すような勢いで道を洗っていた。

暗がりの中で烏山の宿で買い求めた田舎興《いなかおこし》という干菓子《ひがし》を二人で齧《かじ》り、晩飯代わりにした。齧りながら弥太郎がぽつりと言った。

「小六さん、お菊さんが外に立ってるぜ」

えっ？――と、小六は外に顔を向けた。

木連《きつれ》格子の外は夏の白みがわずかに残っていて、樹木の葉陰がゆれ騒いでいる。

小六はざわざわと立ち、土埃《つちぼこり》に汚れた床板を踏み鳴らして両開きの木連格子を開けた。

道端の柏《かしわ》の木の下、杖を片手の旅姿に菅笠の女が濡れ鼠《ねずみ》になって震えていた。顔までは見わけられなかった。身体つき、どこか悲しげな様子、紛れもなくお菊だった。だがなぜ？　いつから？

「何やってんだよ。はやく入《へ》えれ」

小六が怒鳴った。稲光が走り、雷鳴がはじけた。お菊は辻堂の庇《ひさし》の下に入り、うな垂れた。小六がかがみ、お菊の草鞋を解いてやった。

暗い辻堂にお菊の薄い影が佇んだ。弥太郎は声もかけず影を見上げた。

古い燈明《とうみょう》用の燭台《しょくだい》と燈芯があり、弥太郎は荷物に携帯していた小壺《こつぼ》の油を油皿に注ぎ小さな灯をともした。お菊は小花を染めた浅葱《あさぎ》の表着に鼠色の袖なし羽織を羽織り、荷物を背にぎゅっと襷にかけていた。

唯一の晴れ着を旅拵えにし、男物の羽織は親の形見に違いなかった。白の手甲脚絆に素足、着物の何もかもが台無しで、後ろに引きつめた長い黒髪やほつれた髪から雫がぽたぽたと垂れた。

「着替えは持ってねえのか」

小六が格子を閉め言った。お菊は佇んだままこくりと頷いた。小六はどうしたらいい、と訊ねるように弥太郎を見た。旅慣れている弥太郎は荷物から浴衣《ゆかた》を出すと、自分の廻し合羽と一緒にわたした。

「合羽にくるまって、隅でこれに着替えなせえ」

躊躇《ためら》っているお菊に弥太郎は続けて言った。

「おれたちのあとをついてくるのはあんたの勝手だが、病気になって寝こまれたりしちゃあ放っとくわけにもいかなくなるだろう」

「そうだよ、お菊さん、それじゃあ風邪ひくよ。おれのも使えよ」

小六が自分の丸合羽をわたした。

お菊が濡れた髪に櫛《くし》を入れ、男物の浴衣に着替えると、薄汚れた狭いお堂の中に少女とも大人ともつかぬ色香がそこはかとなく漂った。

恥ずかしそうに襟《えり》を合わせているお菊に干菓子を割って差し出したが、お菊は手を出さず、自分の荷物から檜《ひ》破籠《わりご》を出して二人の前におき、蓋《ふた》をとった。大きな握り飯が三つ並んでいた。飯の香りが空きっ腹に堪《こた》える。

「ありがてえ」

小六が叫んだ。お菊は竹筒《ささえ》をおき、見かけに寄らず大人びた低い声で言った。

「身体を温める薬替わりに、お酒を入れてきました」

「なんだよ。口が利けんのかよ」

小六が言った。弥太郎は覚悟のほどを見定めるかのようにお菊から目を離さなかった。閃光《せんこう》と雷鳴が同時に起こり、被雷した近くの木が裂けた。

お菊は「ひっ」と声をもらして肩を竦《すく》ませ、目をつむった。

雷鳴が続けざまにとどろいた。雷光が次々と走る白い閃光の明滅の中でお菊がおもむろに顔を上げた。そのとき、弥太郎と目を合わせたお菊の目は少し笑っていた。明滅する稲光がお菊をまったく別の女に見せた。

弥太郎はお菊に「こい」とも「くるな」とも言わなかった。

だが翌日からお菊は二人について、健気《けなげ》に旅をともにし始めた。

お菊は左足が不自由な小六をいたわり、勝蔵の家にいたときと同じく小六の身の廻りの世話をした。

「自分でやるで、いいっぺよ」

小六は言いながらも、足の不自由な道中の苦しさがお菊の助けで随分と楽になったのは間違いなかった。孤独で苦しい旅が、若い二人の間に瑞々《みずみず》しいいたわりと癒しの心を育んでいるのが、傍で見ている弥太郎にはわかった。

「小六さん」「お菊さん」と呼び合う声が絶え間なく聞こえた。

二人の様子がいじらしいだけに弥太郎は気が重くなった。

弥太郎は後ろをふりかえった。追っ手は間近に迫っているはずだ。

お菊がついてきているとわかったのは烏山の手前だった。弥太郎はお菊がすぐ追っ手に捕まり、ひどい折檻をされるのだろうと思っていた。

勝蔵は買った女に逃げられたら顔をつぶされたと思って許しはしないだろうし、己の富に執着するのがやくざだ。ところが二日目の雨の中をお菊がまだついてきているのがわかって弥太郎は胸が痛んだ。なんてこった……弥太郎は呟《つぶや》いた。

だが、お菊に勝蔵の家に帰れとは言えなかった。

旅が四日目に入った昼前だった。

青い稲穂が田を覆う石塚の村に近い畦道《あぜみち》で弥太郎は、背後から声をかけられた。歩みを止めずふり向くと、五人の男が近づいていた。

「潮来の弥太郎さんですね。井の頭の勝蔵一家の代貸を務めます左ノ助《さのすけ》と申しやす。お見知りおきを」

左ノ助と名乗った代貸が弥太郎に並び、反対側にひとりが並んだ。後ろに三人が黙ってついてきている。みな三度笠で顔を隠し丸合羽である。

十間ほど先をゆるゆるとした足どりで小六とお菊が歩いている。二人は五人の男たちが弥太郎をとり囲んだことに気づいていない。

「弥太郎さん、なんであっしらがきたか、おわかりでござんすね」

「左ノ助さん、出入りの鏡割りのときにお見かけしやしたね。代貸なら若え衆に伝えてくだせえ。後ろに立たれると斬ることになりやすとね」

弥太郎が言い、後ろの男たちが慌てて位置をずらした。

「ことを荒だてにきたわけじゃあござんせん。簡単な話をつけにきただけでござい やすよ」

左ノ助が言った。前の二人のゆるやかな歩調に合わせつつ弥太郎はかえした。

「お菊のことなら、あっしらが連れ出したわけじゃねえ。だがいきがかり上、あっしにあの女を売ってくれやせんか。十五両。今度の出入りの草鞋代に五両上乗せいたしやす。なんとかそれで話をつけてもらいてえ」

「弥太郎さんほどの渡世人が、物のわからねえことを言っちゃあいけやせんぜ。やくざ渡世にも、とおさにゃならねえ筋が、ありやしょう？　金の問題じゃござんせんよ、やくざの筋がとおらなきゃあ渡世の義理がたたねえ。いったん、お菊をかえして、あとの話は相応の人をたてて始めていただけやせんか」

「左ノ助さん、お菊はやくざ渡世になんのかかわりもねえ百姓娘だ。筋だの渡世の義理だのはやくざ同士の間でとおせばいい。あっしの経験じゃあ、いつだって、筋や渡世の義理より金が一番物を言いやしたぜ。高が金で買った百姓娘のことで小難しい理屈は省きましょうや」

「田舎やくざにも意地がございやす。顔をつぶされたとあっちゃあ、あっしらも黙って見すごすわけにはいかねえんですよ。どうか、聞き分けてくだせえ」

「窮鳥《きゅうちょう》懐に入る、の喩《たと》えがありやす。ここは目をつむってくれやせんか」

「弥太郎さん、話が聞けねえんですかい」

左ノ助が慇懃《いんぎん》な口調にも、怒気を含ませ低い声で凄んだ。

五人が弥太郎を囲み、ゆく手を遮った。そこで小六とお菊が気づいてふり向き、小六はお菊を庇《かば》うように背中に隠し身がまえた。

水鶏《くいな》がこつこつと鳴いていた。道端の柿の木の下にお地蔵様がたっている。長閑《のどか》な田園風景が広がっていた。弥太郎はゆるやかな歩みを止めなかった。

五人が身体をかがめ同じ歩調で囲みを移動させた。弥太郎が言った。

「左ノ助さん、おれはとうに死んだ男なんだ。死んだ男相手に無駄なことだ。金を持って帰りなせえ」

水鶏が数羽、野面の先でばさばさと羽ばたいて低空を舞った。

「こきゃあがれ」

言ったとたん、左ノ助の廻し合羽が翻《ひるがえ》った。脇差の抜き身が日の光をきらりと跳ねかえした。

だが弥太郎の一歩踏みこんで抜き放った脇差のほうが早かった。弥太郎の脇差が左ノ助の左上腕をはじいた。

「あぁっ」

左ノ助は叫び、道端の稲穂のそよぎをなぎ倒した。

たたた……左ノ助が腕を抱えて田面《たづら》をのたうった。

その瞬間、脇差をかざした反対側の男の顳顬《こめかみ》を弥太郎の脇差の柄が痛打していた。

ぶふっ——男は声をこぼし、お地蔵様まで吹っ飛んで仰向けに倒れた。

一瞬の出来事だった。呆気《あっけ》にとられたあとの三人は脇差を抜いて身がまえたまま動かなかった。弥太郎は長閑な昼の光の下で刀身を三人に突きつけた。

「次はもっとひどいことになるぜ。それより二人を介抱してやれ」

三人は顔を見合わせ頷き合った。

おどおどと刀を納め、二人が左ノ助を田んぼから助けあげ、ひとりが道端にうずくまった男を運び、柿の木陰に並べて寝かせた。

三人の中に草鞋を脱ぐときの仁義をきった若い男がいた。

「挨拶をしたときの兄さんだね。頼みがある。この金を持って帰って勝蔵親分に話してくれねえか。これ以上やっても怪我人や死人が出るだけだと」

弥太郎は刀を納め、真新しい手拭に十五両をくるんで男に差し出した。

若い男は細かく頷きつつ、震える手で手拭を受けとった。

「兄さん、名前はなんと言う」

「氏家の末吉《すえきち》でごぜえやす」

「氏家の末吉さんか。確かに、頼んだぜ」

弥太郎は踵《きびす》をかえしゆるやかな歩みに戻ると、小六とお菊も併せて後退《あとずさ》った。

三

旅は水戸をすぎ、筑波山を眺めつつ水戸街道を南下し、竹原から小川への水郷地帯の道をゆるやかにたどった。

もうその日の日暮れ前には手賀村に着くところまできていた。

晩夏の日差しはまだ厳しかったが、浦風《うらかぜ》が心地よかった。

葦簾《よしず》を張り巡らせたお休み処の幟《のぼり》を浦風にはためかせている出茶屋の床几に三人はかけ、昼飯替わりの蓬餅《よもぎもち》を頼んだ。

葦簾越しに水郷地帯の稲穂が広がり、浦風にそよいでいた。

鮮やかな緑が日差しの下で映えていた。野面でさえずる鳥の声が聞こえる。夏が終わり、三人の旅も終わろうとしていた。

小六とお菊が寡黙になっていた。

「小六さん、名残《なごりお》惜しいが、ここらでお別れだ。お菊さん、あんたはどうする。この先、あてがあるのかい」

小六もお菊も餅を手にしたままうな垂れていた。旅人《たびびと》が茶屋の外を通りすぎていく。甘酒の匂いが流れてきた。

「あたしは、弥太郎さんに買われたのだから、弥太郎さんについていきます」

長い沈黙のあと、お菊が言った。

小六は思いつめたように拳を握り締めた。

「弥太郎さんに助けられた命だ。この命、弥太郎さんに預けやした」

弥太郎は二人に微笑んだ。茶をひとすすりし、言った。

「買われただの助けられただの、大袈裟《おおげさ》に考えることたあねえ。物好きでやったことさ。あんたらは若いんだ。自分の身のふり方だけを考えなせえ」

すると「おれは……」と小六が続けた。

「おれは人を凄いと思ったことなんてなかった。親も呆れるほどの不良だったし、家飛び出して渡世人気どって、博奕と喧嘩に明け暮れやした。けど、弥太郎さんと一緒に寝起きして自分がどんなに半端《はんぱ》な野郎だったか、思い知らされやした。これが男だと、初めてわかりやした」

小六はいきなり床几から下り、身体をかがめて仁義をきる仕草をした。

「お控えなさいまし。あらためまして、自分こと、名前の儀は小六と申しまして、しがない者でございやす。今はこんな身体になっちまったけど、もっと修行積んで男を磨きてえ。おれはどこまでも弥太郎さんについていきやす」

出茶屋のほかの客が小六の方をふり向いた。茶屋の白髪の亭主が、甘酒が湯気をたてる竈《かまど》のそばから三人の様子をうかがった。

「小六さん、家に帰るんだ。家に帰って、お父っつぁんおっ母さん、今戻ったぜって言えばいいんだ」

小六は仁義の仕草のまま弥太郎を見つめ、唇を嚙み締めた。

「あたし、物心ついたときから叔父さんの家で暮らしてたんです」

お菊が弥太郎に縋《すが》るような目を向けていた。

「叔父さんはお酒に酔ったとき、あたしに繰りかえし言ったんです。おまえのお父っつぁんとおっ母さんは貧乏な百姓が嫌になって、おまえをおれに押しつけて首吊って死んじまったんだって。叔父さんは悪い人ではなかったけど、やっぱり貧乏で、酒癖が悪くって、博奕好きで、博奕で拵えた七両の借金の形にあたしを勝蔵親分に売ったんです。この羽織と着物はお父っつぁんとおっ母さんの形見なんです。叔父さんがあたしが勝蔵親分の家にいく前の晩、わたしてくれたんです。十二歳のときでした」

お菊の目に急に涙があふれ、白い頬につつとこぼれた。

「勝蔵親分とこで五年暮らしました。二年前、あたしの布団の中に親分が入ってきたんです。あたし、嫌だった。絶対嫌だった。勝蔵親分にぶたれました。おまえは気が廻らないって、何度も。あたし、お父っつぁんとおっ母さんをどうして一緒に連れていってくれなかったんだって怨《うら》みました。弥太郎さんと小六さんが勝蔵親分の家を出た朝、あたし、一緒にいくって決めたんです。殺されてもいい。あたしひとりおいてかれると思ったら、もう堪らなかった。だから弥太郎さんたちについていくって決めたんです」

「迷惑だ」

「迷惑でもついていきやす」

「連れてってください、弥太郎さん」

「あんたらにゃあわかってねえんだ。おれは修羅の道をいかなきゃならねえ身なんだ。二人とも若《わけ》え。真っ当に暮らしなせえ。真っ当に生きてさえいりゃあ、いつか花の咲く日もくる」

「真っ当ってなんだっぺ。春の風が吹きゃあ鳥がさえずり、秋には虫だって鳴きやす。鳥や虫けらだっておのれの感ずる心に従って生きてる。それが真っ当に生きることじゃねえっぺか。弥太郎さんは出入り前、おれに足袋を投げてくれた。あのとき、おれは風を感じたんだ。こんな風を感じたのは生まれて初めてのことだあ。風が地獄まで吹いてたら、おれも地獄さ、いぐっぺ」

小六はそう言って不自由な左足の膝を拳で叩いた。

お菊ははらはらとこぼれる涙をぬぐおうともしなかった。

浦風がお休み処の幟をはためかせていた。牛に引かれた荷車がごろごろと出茶屋の前を通りすぎた。十年がすぎ、弥太郎にそのときがきていた。

弥太郎はまだ幼さの残る若い小六とお菊の顔をまじまじと見た。子供のころ深川神明宮の境内で飲んだ甘酒の記憶が脳裡に甦った。夏祭の日、熱い甘酒をふうふう吹きながら近所の遊び友達らと飲んだんだっけなと、弥太郎は思った。

「小六さん、座りなせえ。親仁《おやじ》さん、甘酒を三つもらえるかい」

へいへい――と亭主が竈のそばからこたえ、甘酒を器に注いだ。

潮来の舟運業者・霞屋は善右衛門・志摩夫婦が三年前に引退して、息子の清太郎と甚二郎に稼業を任せていた。

長男の清太郎は女房をもらい子供もできて、曾祖父の代から続く霞屋を継いで守っていたが、次男の甚二郎はしっかり者の長男の下にいる気楽さもあってか、女房ももらわず潮来の遊び人らと交わり、博奕場や遊廓、水茶屋に出入りして善右衛門・志摩夫婦の気をもませていた。

甚二郎はひょうきんな気持ちのいい気性で、潮来の盛り場では「霞屋の甚ちゃん」と女たちからも遊び人からも呼ばれる愛嬌者《あいきょうもの》でとおっていた。

兄の清太郎は、愛すべき弟が近ごろ道楽の味を覚え潮来の盛り場に出入りしているのはわかっていた。と言って稼業をおろそかにするほどではなかったし、いずれ女房でももらったら、また仕事に精を出すようになるだろうとたいして心配もしていなかった。

ところが十カ月前、その甚二郎が地元の貸元・岩井《いわい》の葛吉《かつきち》の倅・彦次《ひこじ》に盛り場で女を廻《めぐ》って因縁をつけられ、夜道で彦次ととり巻きの乾分二人に襲われ、めった刺しに遭って命を落とすという痛ましい事件が起こった。

善右衛門・志摩夫婦の悲嘆は言うまでもなかった。

だがどういうわけか水戸藩の奉行所は、事件を土地のやくざ同士の喧嘩と裁断しろくに調べもせず葬ったのだった。

さらに事件から一カ月後のある夜、善右衛門が長男・清太郎に霞屋を譲ったときに舟運事業の拡大を図って建造した大型の平田船が火付けに遭い、小火《ぼや》が起こり、清太郎は火付けとはいえ管理不始末の廉《かど》により三十日の手鎖《てぐさり》の咎《とが》めを受けるという事態に見舞われた。

甚二郎を失ったうえに清太郎が咎めを受け、霞屋の舟運業は大打撃を被った。

善右衛門とお志摩は隠居どころではなくなっていた。

しかも、そのころから着流しに脇差を見せびらかした風体の怪しい風来坊らが霞屋の店先に現れ、

「甚二郎さんにはたて替えた金が残ったままだで、霞屋さんにけりつけてもらいてえでがんす」

と恐喝まがいの嫌がらせが始まったのである。

土地の者ではなかったが岩井の葛吉の息のかかった者らだとみなわかっていた。

岩井の葛吉は地元の賭博を一手に牛耳《ぎゅうじ》っている貸元だった。

その葛吉の背後に、潮来で金貸しを営み潮来の商家を支配する水戸の奉行所の役人にもおおいに顔が利く大利根屋《おおとねや》九左衛門《くざえもん》という男がいた。

岩井の葛吉と大利根屋が義兄弟の盃を交わした間柄というのは潮来ではよく知られた話で、甚二郎の一件や舟の火付け小火、また他所《よそ》者の嫌がらせなど霞屋に

かかわる一連の事件がうやむやになったのは、大利根屋が裏で役人に手を廻したためらしいという噂が絶えなかった。

と言うのも、もう五、六年以前より大利根屋は利根川の舟運業に目をつけていて、潮来の中小の舟運業者の買収を謀《はか》り、大利根屋の買収に応じない業者を陰で脅し腕ずくでつぶす手先になっていたのが岩井の葛吉だったからだ。

当時、中堅の霞屋に大利根屋が食指を動かしていたのは舟運業者の間では衆知の事実だった。むろん善右衛門は応じるはずもなく霞屋の舟運業は順風に営まれ、三年前、家を清太郎に譲ったのだった。

それが十カ月前の甚二郎の不幸以来、霞屋に災難が次々に降りかかり始めたのは、大利根屋が再び霞屋を狙って手を打ち始めた、とささやかれた。

岩井の葛吉の背後で、役人に顔の利く大利根屋が糸を引いている。老舗《しにせ》の霞屋さんが危ないという評判は、潮来のみならず利根川の舟運業者の間に去年からずっと広まっていた。

そんな夏の終わりのある夜、潮来で三つの殺しがあった。

それは潮来一丁目の大利根屋の豪邸に何者かが忍びこんで九左衛門の首を落とし、その九左衛門の首と一緒に、岩井の葛吉、葛吉の倅・彦次の首も並べて床の間におかれていたという仰天の騒動だった。

九左衛門の女房は手足を縛られたうえに目隠しをされ、夫が惨殺された現場は見ていなかったが、犯人は三人でひとりは足を引きずっていたと言い、

「誰だ」

と夫の九左衛門が短く問いかけたのに、犯人のひとりが、

「死神だ」

とだけ不気味な声で言ったのを聞いていた。

賊は金銭にはいっさい手をつけておらず、恨みによる凶行と思われた。

三つの首の検視にあたった陣屋の役人は、どれも見事なひと太刀に背筋が粟《あわ》だつほどの寒気を覚えた、と後に朋輩に語った。

潮来ではその殺しが幽霊の仕業、一年前、彦次に殺された霞屋の甚二郎があの世から舞い戻って復讐を遂げたのだ、と噂が流れたりもした。

その噂の最中、霞屋の善右衛門と清太郎が水戸の奉行所に呼び出され、九左衛門らの殺しの吟味を受けた。だがいずれも誰の仕業か心あたりがあるはずもなく、それだけで吟味は沙汰《さた》止《や》みとなった。

同じ文政元年の夏の終わり、江戸八丁堀の北町奉行所吟味方与力・鼓晋作の組屋敷で、晋作の妻の高江《たかえ》が長男を生んだ。一昨年《おととし》には長女・苑《えん》が生まれており、三十二歳の晋作は二人の子の親となった。

晋作の父親又右衛門《またえもん》は家督をすでに晋作に譲り奉行所も退いていたが、晋作に跡とりが生まれたことを殊《こと》のほか喜び、

「麟太郎《りんたろう》はどうだ。いい名前だろう。わしは前から考えていたのだ」

とひとり決めに晋作と嫁の高江に言い、晋作が、

「はあ、そうですね。よろしいでしょう」

とこたえたから、長男の名前は麟太郎に決まった。

夜になって鼓家の長子誕生を伝え聞いた奉行所の下役同心や朋輩・上役の与力、五節句のつけ届けを欠かさない大名屋敷の用人、旗本御家人、町火消しの一団、髪結床、出入りの商人、以前鼓さまにお世話になったという得たいの知れない浪人風体の者らが次々に祝いの品を携え挨拶に訪れ、客の対応に追われた晋作は目の廻る忙しさだった。

又右衛門が雇っていた家人《けにん》の相田翔兵衛《あいだしょうべえ》が又右衛門の隠居後は晋作雇いとなっていて、相田が引きもきらず訪れる客をとり次ぐが、晋作と相田だけではとても

手が廻らなかった。普通、表向きの用をしない武家の奥方も、町奉行所与力の奥方となると職務上、表の客の対応にあたらなければならず、対応やとり仕きりが町方与力の奥方の腕の見せどころであった。

高江は客の対応、物腰、愛想、言葉使いにおいても、また容姿においても町家武家ともに評判の奥方だった。普段は屋敷内のいっさいをとり仕きる高江が今は産後の床にいるのだから、家中がなにくれとなく慌ただしい。

三歳の苑が晋作と一緒になってばたばたと走り廻る。

「父上と母上に頼んでくれ」

ということになり、又右衛門は相田に、

「そうだろう、そうだろう。どうも晋作はこういうことについては要領が悪い。役にもたたん本ばかり読んでおるからこういうことになる」

とぶつぶつ言いながら、表の冠木門に高張り提灯を出させたり中間《ちゆうげん》下男に細かな指図をしたり、客が元朋輩のやはり奉行所を退いた与力と見ると酒になって、孫のこと、家のこと、家督を継いだそれぞれの息子自慢などに花を咲かせたりと、忙しさを一番楽しんでいるふうであった。

母親の喜多乃《きたの》はと言えば、台所で下男と下女に指図をするものの台所仕事などしたことのない喜多乃がおっとりと動き廻ってもかえって邪魔になるばかりで、喜多乃が知り合いの奥方の来訪の応対に出て奥座敷で、ほほほ……と呑気な笑い声の聞こえてくるほうが台所仕事はよほど捗《はかど》った。

てんやわんやの夜が更け来訪の客足が途絶えるころ、又右衛門はすっかりでき上がっていて、妻の喜多乃の肩を借りてふらつく足どりで居室に戻り、

「茶をくれ、茶を……ああ、いい心持ちだ」

と足元がふらついてもなお、上機嫌である。

「もうそんなに召し上がって。武士ならしゃんとなさい」

喜多乃が又右衛門を叱《しか》った。

「わしはしゃんとしておるぞ。酔ってなどおらん。それより早く、茶だ」

「はいはい、わかっております。落ち着きのない」

裏庭の草むらから秋の虫の鳴き声が聞こえていた。

又右衛門はくつろいで座り、やれやれというふうに吐息をついた。

「少し熱いかもしれませんよ」

喜多乃は家の者が用意しておいた白湯《さゆ》に狭山《さやま》の挽《ひ》き茶を淹《い》れ、又右衛門の前においた。又右衛門はぐびぐびと音をたてて飲み干し、「もう一杯」と湯呑を差し

出した。呆れながら新しい茶を淹れている喜多乃に又右衛門は言った。

「ひとまず跡とりが生まれて、わが家も安泰ということだな。あとは晋作が吟味方の本役に一日でも早く昇任してくれれば言うことはないのだが……」

「本当に、ありがたいことです。あなたもよかったですね。子供が優秀で、嫁もできた嫁だし、跡とりも生まれて」

「わしの薫陶《くんとう》がよかったからだ。晋作の教育には心を砕いた。あの子もわしの教えをよく学んだからこそ見事吟味方に抜擢された。普通、なかなかないぞ」

「あの子は自分の実力で今のお務めに就いたんですよ。子供のときから物覚えがよくて、呑みこみが早くて、頭のいい育てやすい子でした」

「だからわしの子だというのだよ」

「まあ、ご自分に都合のいいことを仰って。晋作はあなたにちっとも似ておりませんわよ。しいて申せば、わたくしの母方のお爺さまに似ております。頭のよさも、色白ですらっと背が高いところも。あなたみたいな暑苦しい狸顔じゃありませんし。ほほほ……」

又右衛門は、ぶふっと茶を吹いて暑苦しい狸顔の目を剥いた。

「何がほほほだ。おまえの血筋の呑気《のんき》なところが晋作の弱点なのだ。三十をすぎて未《いま》だ本役になれぬのは、欲がなくてうまくたち廻ろうという意欲に欠けておるからだ。だから同輩の戸塚宗治郎に遅れをとる。戸塚の宗治郎はあれは気の廻る男だ。噂では気配りの宗治郎と言われておる。晋作も宗治郎を少しは手本にせねばな」

「戸塚さまの宗治郎さんは晋作より四つ年上ですし、本役昇任はやっと去年ではございませんか。それに戸塚さまはわが家と違ってずっと吟味方を務めてこられたお家柄ですからね」

「宗治郎が本役に昇任するなら、晋作が本役になってもおかしくはなかろう。上役につけ届けなど小まめに気配りをしておれば、晋作の能力をもってすればとうに本役昇任になっていたはずだ」

「やっておりますよ。でも確かに、晋作はそういうことがあまり好きではないのかもしれません。あの子が吟味方の助になったころ、わたくしに申しておりました。江都《こうと》町民五十万を守るために働けることが自分は本当に嬉しい。胸が躍ると。あの子は出世よりもそれが望みなのですよ。そういう子なのですよ」

「晋作がそんなことをおまえに言ったのか」

「はい。ほかにもいろいろ、あなたの日ごろの教えなどもうかがっております」

「ううん……それが間違いだ。われら侍はお上に仕えておる。民百姓のために生きておるのではない」

「それはそうでしょうとも、あの子はあなたとは違うのですよ。わたくしにはあの子の気持ちが少しわかるような気がいたします。お爺さまがそうでしたから」

「ううん、それが拙《まず》いと、ふぁ……」

又右衛門は欠伸《あくび》をし、睡魔に逆らえずこくりこくりと居眠りを始めた。

「あらあら、あなた、お床に入りなさいませ。お風邪を召しますよ」

と喜多乃が腕をとり、「よいしょ、どっこいしょ」と立ち上がらせると、又右衛門はまた「それが拙い……」と半ば夢心地の中で呟いた。

一方、晋作と妻の高江の寝間では、麻の蚊帳《かや》を吊った寝床に、苑、麟太郎を挟んで、晋作と高江が床に入っていた。

行灯は消したが、月明かりと虫の声が惜しくて縁側の雨戸はまだ閉めていなかった。夜気が寝間を涼しくしていた。

山王祭がすぎ、欠け始めた月明かりが、苑と真新しい命の麟太郎の寝顔を淡く照らしていた。晋作と高江は二人の子供を両方からあかず眺めていた。

「見あきんなあ。この子らを見ていると、寝るのがもったいないな」

「よく生まれてきてくれました。この子らに感謝いたしましょう」

「ああ。この子らの命に礼を言おう」

晋作は言って高江に手を伸ばし、二人は掌を合わせた。


そのころ、同じ月光を浴びて旅商人《たびあきんど》風体の三つの人影が、中川を越え、小名木川沿いの土手道を西に歩いていた。

先頭の男は背が高く、二人目は女で、三人目の男は足を少し引きずっていた。

江戸の町はすでに寝静まっていた。

第三章　江戸桜

一

秋がすぎ、文政元年の冬になった。

その夜子《ね》の刻（午前零時）近く、江戸日本橋小伝馬町牢屋敷を出た北町奉行所牢屋見廻り同心・大河原丈夫は、小伝馬上町《かみちょう》の小路を千代田稲荷《ちよだいなり》の前まできて、稲荷の小さな鳥居前に風鈴蕎麦《そば》の屋台の灯を見つけた。

屋台に吊《つ》るした風鈴が冬の夜空にか細い澄んだ音色を流し、〈御そば、千客万来〉と記した軒提灯《のきちょうちん》が漆黒の小路の前方に人魂《ひとだま》のように浮かんでいた。

町は寝静まり、しんしんと冷えこんだ夜道に聞こえるのは、風鈴の儚《はかな》げな響きと大河原の踏み締める雪駄《せった》の音ばかりだった。

手拭《てぬぐい》を男かぶりの人影の手元から、提灯明かりの中に温かそうな湯気がのぼっていた。屋台の傍らには姉さまかぶりの女らしき影が立ち働いており、容器や盆をそろえ、碗の触れるかすかな音が聞こえた。

大河原は懐手にゆったりとした足どりのまま、大柄な体躯《たいく》に着流した白衣《びゃくえ》と上に羽織った黒羽織の袖《そで》をなびかせつつ、闇夜《やみよ》を透かし見るように首をかしげ、少し目を細めた。

この小路はとき折り通るが、見かけぬ夜鳴蕎麦の屋台だった。

夫婦《めおと》者か。男は紺無地の半纏《はんてん》に鼠《ねず》の着物を裾端《すそは》折《しょ》りに、黒の股引《ももひき》、黒足袋《くろたび》草履《ぞうり》。女は照柿《てりがき》色らしき小袖に赤襷《あかだすき》をかけ、裾端折りの下に薄桃の蹴出《けだ》しと黒塗りの下駄に白い素足がのぞいていた。

二人とも随分若い。大河原は町方奉行所の役人という役目がら、好奇心を持った。小腹もへっていた。

大河原の雪駄の下で、踏み締める乾いた土がぐずりと鳴った。

「蕎麦屋、一杯もらおうか」

若い蕎麦屋の亭主が、へい、と声をかえし、不自由な片足を引きずった。

大河原は男の動きを粘りつく目つきで追い、それから女に視線を移した。

まだほんの小娘に見える女が手をそろえて、大河原にお辞儀をした。

「こう冷えちゃあ、温《あ》ったけえ蕎麦は何よりだ」

女は赤い唇に白い糸きり歯を見せた。

口元から瑞々《みずみず》しい愛嬌《あいきよう》がこぼれ、大河原は気をゆるめた。

「蕎麦屋、あまり見かけねえ顔だが、ここらへんの者かい」

「へい、お役人さま。浅草元鳥越の庄三《しようぞう》長屋でございやす」

「ふうん、元鳥越ね。夫婦か」

「兄妹で、ございやす」

「似てねえな。名前は？」

「小六と申しやす。妹はお菊」

「生まれは」

「常州の手賀村でございやす」

「霞ヶ浦だな。漁師かい」

「へい、親が。けど漁師じゃあ暮らしが成りたたねえんで、半年前、妹と二人で江戸にめえりやしたが、こんな身体なもんだでなかなか奉公先が見つかりやせんで。そしたら花川戸の大五郎《だいごろう》親分があっしら兄妹を気の毒がって、この屋台を担げるようにいろいろ骨を折っていただきやして、やっとどうにか……」

「口入屋の大五郎か。聞いたことがある。金次第で流れ者の面倒を随分見てくれる男だそうだな」

何も言わない蕎麦屋に大河原は薄笑いを向け、

「心配すんねえ。硬いことは言わねえよ。けど兄貴と違って妹はなかなかの器量よしだ。しけた兄貴の手伝いより、もっとましな働き口があるだろう」

と軽口を叩いた。

「若えな。年はいくつだ」

「妹は十七、あっしは十九になりやした」

「十九で夜鳴蕎麦か。つれえな。ところで酒はおいてねえかい」

「あいにくと酒は……」

「ねえのかい。しょうがねえ。蕎麦はまだかい。腹がへったぜ」

すると蕎麦屋は、ひひ……と笑った。

「……大河原の旦那《だんな》がお見えでございやすので、もう店仕舞いで」

うん――大河原が口ごもり、薄笑いが消えた。そのとき気づいたが、女は容器を棚に片づけている。男は蕎麦を蒸していない。火を落としている。

大河原は蕎麦屋が店仕舞いと言った事情がすぐには呑みこめない。

そのとき、風もないのに風鈴が鳴った。

「てめえら」

大河原は顔をしかめ、どす声を利かせた。懐から両手を出した。

「この日を、十年、待ったぜ」

後ろで男の低い声が言った。

大河原がふりかえると、漆黒に塗りこめられた小路に頰《ほお》かぶりに半纏《はんてん》らしき男の影がすっくと立ち、胸のあたりで両の腕を重ねるように浅く組んでいた。

大河原よりも背が高いが瘦《や》せている。大河原は腹に力をこめて怒鳴った。

「誰だてめえ。舐《な》めたことをしやがるとしょっ引くぞ」

「もうすぐ春がきて江戸に花の嵐が狂う季節だ。久しぶりだな、大河原」

闇の奥から男が一歩、二歩と踏み出した。頰かぶりをとった。提灯の薄明かりに眉間《みけん》から頰にかけて皮膚を抉《えぐ》る一筋の傷が浮かんだ。

大河原は息を呑んだ。男の顔をどこかで見たような気がしたからだ。

花の嵐？　何が言いてえ。寒空の下、全身から汗が噴いた。

不意に背後の提灯の灯が消えた。大河原はおぼろな月明かりに包まれた。

屋台を担いだ男の引きずる足音と女の下駄の音が後ろに消えていく。

さっき門をくぐった小伝馬町の牢屋敷とは、一町と離れていなかった。しかし助けを求める余裕はない。町人の風体だが、尋常な相手ではないことが立ち姿でわかっていた。

薄闇の中で大河原は盲目も同然だった。初めて身の危険に恐怖した。身体をかがめ刀の柄に手をかけた。居合いの田宮《たみや》流を修行した。人を数えきれないくらい斬った。腕に覚えはある。ぶった斬る。

動いた一瞬、何かがきらめいた。冷たい氷が肌を走ったように感じた。刀を抜く隙《ひま》などなかった。そんなに早い剣捌《けんさば》きを大河原は知らなかった。身体が宙に浮き、鳥居に背中を打ちつけた。掠《かす》れる声で闇に喚《わめ》いた。

「な、名乗りやがれっ」

「花嵐《はなあらし》」

男の低い声がこたえた。大河原はずるずると座りこみ、血の噴く音を聞いた。くそ、死んでたまるか――大河原は思いながら混濁の底に沈んでいった。

翌日、北町奉行所内は牢屋見廻り同心・大河原丈夫斬殺の話題で持ちきりだった。十二月は北町は明番だが、斬られた者が北の町方のためか、所内の空気は異様に張りつめていた。

朝五ツ（午前八時）、鼓晋作が表門右手の小門をくぐり十五間の敷石を玄関前まできたとき、破風《はふ》造り玄関式台に年配の臨時廻り方同心・権野重治《ごんのしげはる》が慌ただしく現れ、出庇《でひさし》の下で晋作に一礼して、雪駄をつっかけ表門へ急ぎ足で向かった。

権野は同心詰所の方に「出かけるぞ」と声を張りあげ、表門右手の同心詰所から同心抱えの小者が小走りに出てきて後ろに従い小門をくぐり出ていった様子が、何やら普段とは違う緊迫感が漂っていた。

晋作は玄関から吟味方詰所の八畳間の詮議所に入った。物書や下役の同心、与力助の田宮彦六《たみやひころく》、新参の見習与力・友成矢九郎《ともなりやくろう》がもう小机に向かっていた。

一同に挨拶をし、晋作は小机に着いて、煙草盆、手あぶり、御用箱の革文庫から先例御触書《せんれいおふれがき》、公務用蔵書などの用意をしていると、

「鼓さん、これがもう出てますよ」

隣に机を並べる友成が大河原斬殺の経緯《いきさつ》を扱った読売を晋作の机においた。

「大河原さんのことを鼓さんはよくご存じでしょう。あまり務めぶりの評判がよくなかったみたいですね」

晋作は読売に目をとおした。

北の町方、斬殺、花嵐の書きおきの謎——

の墨文字が大きく躍り、大河原の名前が出ていた。物盗りとも恨《うら》みとも書かれてはいないが、死体が見つかった千代田稲荷の現場《げんじょう》、死体の状況、犯人と大河原の死闘の様子、犯人が残した《花嵐》の謎めいた書きおきまでを、その場に居合わせたかのように詳細に描写してあった。

そして最後に、意味不明な川柳で結ばれていた。

たちまちに、きたまち斬られ、面目なし——

「知っていると言っても、名前だけです」

晋作は読売を友成に戻した。

「今もみなで話してたんです。大河原さんは牢屋見廻りの前、町会所掛だったそうですね。そのころ、汚職の嫌疑がかかったとかで会所掛をはずされ、牢屋見廻りに役目替えさせられたと……」

晋作は気乗りのしない素ぶりで、触書の紙を繰っていた。

「お奉行さまがお城から戻られたら、大河原さん殺しのことでみなにひと言あるみたいですよ」

「お奉行さまが？　本当ですか」

「ねえ、田宮さん、そうでしょう」

「わたしもさっき年番方《ねんばんかた》で聞いた話ですが……」

向かいの机の田宮が面長《おもなが》な顔を晋作に向け、自信なさげに頷《うなず》いた。

今の奉行は永田備後守正道《ながたびんごのかみまさのり》である。晋作を吟味方に抜擢《ばってき》した前奉行の小田切土佐守直年転免を継いで文化八年（一八一一年）、北町奉行職に就いた。

むろん晋作は、大河原を忘れてはいない。

晋作が吟味方与力助として、文化五年の春、下役同心の谷川礼介とともに初めて手がけた吟味が、町会所七分金積立使途不明の嫌疑だった。

その一件はとんでもない一家無理心中騒動にまで発展した。大河原はその騒動の、渦中の人物のひとりだった。

だがその吟味は、町方役人の汚職の疑惑を孕《はら》んだまま調べを打ちきられた。

もう十年も前のことである。

谷川は、三年前、吟味方を解かれ三十そこそこの年齢で隠密の廻り方に配属され、奉行所内で顔を合わすことさえほとんどなくなっていた。

大河原の名前だけが、草双紙の絵空事のように過去の記憶を晋作の脳裡に呼び覚ました。

あの大河原が……淡い感慨とかすかな悔恨が晋作の胸につかえた。

その日、言われていた奉行のひと言はなかった。

晋作は普段の日と変わらず、刑事および公事《くじ》詮議の内容協議や触書の整理に追われてすごした。主任の与力本役・柚木常朝は、大河原のことなどおくびにも出さなかった。

夕刻七ツ（午後四時）、執務を終え帰途についた。

表の小門に差しかかったとき、小者と御用箱を担いだ中間を従えた定町廻り方同心・春原繁太《はるはらしげた》と鉢合わせた。五十近い春原が黙礼して晋作に道を譲った。

「鼓さま、どうぞお先に」

「春原さんこそ、お先に」

「いえいえ、とんでもございません。鼓さま、お先に」

と二言三言やりとりがあって、晋作が先に小門をくぐり、あとから出てきた春原に晋作は礼をした。そのため、暮れ泥《なず》む呉服橋御門方角に道をとった晋作と迎えの相田と中間の一行と春原一行は、自然に肩を並べることになった。

「大河原さんの一件で、廻り方は夕べから大変だったようですね」

晋作はさりげなく春原の扁平《へんぺい》な横顔に訊《き》いた。

「北の定町廻りと臨時廻りは総動員ですよ。初めの訊きこみが肝心ですから、結局、徹夜になりました。わたしはこれから大河原さんが懇意にしていた下柳原の料理茶屋の〈柴やま〉へ訊きこみにいくところです」

「ご苦労さまです」

「町方を手にかけるなんざあ尋常な野郎とはとうてい思えません。しかも花嵐などとふざけた書きおきを残しやがって。この野郎はなんとしても引っ捕らえなきゃあ、北の面目がたちませんや……」

春原はこわばった口調で言った。呉服橋御門をくぐり橋にかかった。

「大河原さんは小伝馬町の牢屋敷を昨夜の子の刻近くに出たあと、千代田稲荷の前で斬られたと聞きましたが、そんな遅くまで牢屋見廻りの務めがあったんですか。それとも昨日、牢屋敷で何かあったんでしょうか」

「吟味方の鼓さんなら差しつかえないでしょうから申しますが、昨夜、大河原さんは役目で牢屋敷にいったんではないんでさあ」

「役目ではなかった？」

「いがりという牢屋敷の平番同心がおりましてね。その男と遅くまで語り合っておったそうです。酒も少々入ってた」

「いがり？　猪狩俊介さんですか」

「猪狩俊介さんをご存じですか」

「名前だけは……しかし猪狩さんは御番所の同心だったはずだが」

「大河原さんと猪狩さんは町会所掛の朋輩《ほうばい》でした。十年前、町会所でちょっとした汚職疑惑がありましてね、疑惑に連座して二人の名前があがったんですな。疑惑そのものは主犯の男が逃亡を謀り未解決のままですが、疑惑は残ったということなんでしょう。二人は町会所掛の役目を解かれた」

「それで猪狩さんは牢屋敷へ……」

十年前の町会所汚職疑惑のあと、与力の佐藤典八は人足寄場定掛《にんそくよせばじようかかり》に、大河原と猪狩も役目替えになったと聞いていた。大河原が牢屋見廻り方に就いたのは後日知り、猪狩もそうなのだろうと気に留めていなかった。

呉服橋を渡り、瀬戸物問屋の店が並ぶ西河岸町から日本橋に向かう通りを東にとった。師走《しわす》の夕空は急速に黄昏《たそが》れていく。

「又聞きですが、大河原さんの務めぶりについてあまり評判がよくないと言われています。そのことと今度の一件とかかわりがあるんでしょうか」

「鼓さま、これはまだ鼓さまの胸の内に仕舞っておいていただきたいんです」

「はい。もちろん誰にも……」

「ご存じのとおり、小伝馬町の牢屋敷には裁きを待つ囚人が何百とおります。牢内生活にも厳しい掟《おきて》がありましてな。牢内で生き延びるためには金がいる。たとえば新入りはつる、つまり役人の監視をくぐり抜けて持ちこむ金がなければひどい目に遭わされる。命を落とす囚人もいて、そしたら病死です。病死が多いわけだ。落とされたてめえの首を洗ってもらうのでさえ金次第なんです」

春原は、よろしいですかというふうに晋作を見た。

「囚人の中には女房子供、親兄弟、友や思い人、仕事仲間、娑婆《しゃば》とは縁がきれない者も少なくありません。囚人らは厳しい牢内生活を生き延びるために、娑婆の縁者に金や物の差し入れや文などを頼む。獄卒がそれをとり次いでやるんでさあ。しかしとり次ぐのもただじゃない。そこに獄卒は獄卒なりにお役目の扶持《ふち》以外に余禄が生じるという裏の仕組がありまして……」

瀬戸物を積んだ大八車ががらがらと通りを引かれていき、袈裟《けさ》を纏《まと》った勧進聖《かんじんひじり》らしき集団が、絵図のような幟《のぼり》をかかげ鉦《かね》を叩きながら通りすぎた。

「大河原さんと牢屋平番の猪狩さんは、囚人の縁者に金の差し入れを強要していたというんですな。金を出せそうな親兄弟のいる囚人が入牢《じゅろう》してくると、猪狩さんが張番の下男《しもおとこ》を使って、牢内で必要な金の差し入れを頼む文を無理やり書かせる。それを牢屋見廻りの大河原さんが親兄弟にわたして、親切ごかしに、応じなければ威《おど》してでもとり次いでやるぜと金を出させる。たいがいの親兄弟は、町方役人にそう言われたら借金をしてでも金は用意しますよ。それを大河原さんが最初に抜いて猪狩さんにわたし、次に猪狩さんと張番の下男が抜いて、残りのわずかな金が囚人に届くわけです」

前方に日本橋通りの人通りが見えていた。春原は溜息《ためいき》をついた。

「同じ町方ですからな。気が進まんのです、こういう調べは……多かれ少なかれ、似たようなことはありますよ。われわれにだって、そう思いませんか」

春原が晋作をうかがい、晋作は黙っていた。

「けれど、大河原さんと猪狩さんはやりすぎた。限度というものを弁《わきま》えねえからよくない評判をたてられるんです。どうも、大河原さんは世間の噂とか、御番所での評判なども高を括《くく》っているようなところがある人でしたからな」

そこで春原は立ち止まり、口調を変えた。

「と言っても、それと今度の一件がつながりがあるという証拠はありません。あくまで推測ですよ、今のところ。どうかお聞き流しくださいますように」

春原は一礼してくるりと身を翻しながら懐手になり、日本橋南詰の雑踏の中に紛れていった。

二

三日後、暮れ六ツ半（午後七時）、晋作は牢屋敷の表門の石橋を渡った。

七尺八寸の練塀に忍《しのび》がえしが厳《いかめ》しい影を狭い外堀の上につらね、澄んだ師走の月が早くも夜空に上がっていた。

格子ののぞき窓から薄明かりのもれた門番所の右隣が表門になっていて、供の相田が門の部厚い木戸を叩いた。

《出》の文字を白く抜いた看板の門番が、北町奉行所吟味方与力・鼓晋作とわかると慌てて門を開き、晋作、相田、槍持ちの三人を屋敷内に迎え入れた。

左手に牢屋の建物のある敷地と仕きった塀が続き、下男の案内で改《あらため》番所のある埋《うずみ》門まできて、門番は改番所の下男に引き継いだ。晋作は相田と中間に、

「ここで控えておるように」

と言い、ひとりで埋門をくぐった。

改番所の平番同心が、吟味方与力がこんな刻限にひとりで牢屋敷にきたことに驚き、好奇の目を継裃《つぎかみしも》の晋作に向けた。大河原が斬られたあとだけに、殺しの詮議と関係があるのかと訝《いぶか》っている様子だった。

「猪狩さんは今、当番所につめておりますから、ご案内いたします」

同心はずらりとひと続きにつらなった牢建物の外鞘《そとざや》格子に向かって敷地内を横ぎり、東牢と西牢をつなぐ当番所に晋作を案内した。

晋作は猪狩に会いにいくことを上司の柚木に伝えてはいなかった。

大河原斬殺の仕業が浪人か町人であれば吟味方の吟味に上る可能性があり、吟味に予断が入るかもしれない行動を、柚木が許すはずがなかった。

それでも晋作はこの数日、胸の内にわだかまった大河原殺しへの関心を抑えることができなかった。さしたる理由はない。ただ、《花嵐》という言葉が澱《おり》のように心の底に沈殿していた。

当番所の燭台《しょくだい》の灯が照らす猪狩は、年齢以上に老けて見えた。ひどく窶《やつ》れていた。確か、大河原より二つ年下の四十五歳のはずだった。

十年前の猪狩はふてぶてしい傲慢《ごうまん》さの殻を身に纏《まと》っている印象があった。

十年が経ち、ふてぶてしさや傲慢さの殻は干からび、晋作に愛想笑いを投げた表情がみすぼらしかった。

二人は当番所の隅の床几に手あぶりを挟んで向き合った。夜勤の小頭や平番、張番の下男が二人に遠慮して離れて控えていた。

「覚えていますか、わたしのことを」

「へえ。覚えてます。あれからいろいろありましたから。鼓さまの噂は聞こえてますよ。年は若いが北町一番のきれ者だと」

「猪狩さんが牢屋敷にお勤めとは知りませんでした」

「それは意外ですな。わたしが牢屋敷に役目替えになったのは、てっきり鼓さまが年番方に働きかけた報復人事だと思っておりました」

猪狩は露骨な嫌味を言った。

「わたしにそんな権限はありませんし、報復人事をする理由がない」

「どうですかね。大河原は町方に残った。わたしだけ、不公平ですよ」

牢は静かだった。その静けさを小さな咳《せき》払いがとき折り破った。

鞘土間が東と西に延び、囚人が声をひそめている気配が漂っていた。

「大河原さんが斬られた夜は、こちらにこられた帰りだったそうですね」

「大河原は牢屋見廻りですからな、そりゃあ毎日きますよ」

「子の刻近くまで、牢屋見廻りですか」

「若い鼓さまはご存じないかもしれませんが、お役目にもいろいろあるんです」

「検視では大河原さんは胸から左首筋にひと太刀《たち》に斬り上げられていた。恐ろしいほどの手練《てだれ》です。懐の物は残されたままでした。物盗り目的でもない。だとすれば、そのいろいろあるお役目で心あたりのある人物を思いつきませんか」

ふん――と猪狩が鼻息をもらした。

「相変わらず人を疑るのが上手なお方だ。これは吟味方の詮議ですか」

「いえ。わたしの判断でうかがいました」

「ではこたえなくてもよろしいわけですな」

猪狩は目を細め、束の間押し黙った。それからおもむろに続けた。

「大河原が斬られた翌日の昼間、廻り方の春原さんが見えましてね。気の小さい人だったが、十年も務めるとさすがに貫禄がついて、なかなか堂に入ったもんでした。春原さんにも同じことを訊かれました。だから教えてやったんです。大河原とわたしのことでどんな評判を聞いたか知らないが、わたしらはただ囚人のためを思って娑婆の縁者との間をつなぐ役目を果たしてやったんだとね」

そこで上目遣いに晋作を睨んだ。

「ただとは言わない。けどそれはねえ、囚人とはいえ肉親の身を案じる親兄弟のわれわれへのささやかな感謝の気持ち、心づくしの顕《あらわ》れなんだ。廻り方が町家や武家から五節句につけ届けを受けとるのと同じことでしょうとね。春原さん、黙って頷いてましたな」

猪狩は晋作の沈黙を嘲笑《あざわら》うような笑みを見せた。

「わたしらは揚屋《あがりや》や揚座敷の武家のとり次ぎはやらなかった。武家はどうもわれらに対する感謝の気持ちが薄くてね。みな市井で真っ当に家業を営んでる商人《あきんど》やら職人ばかりです。当然、感謝されこそすれ恨まれる筋合いはない。ましてや、大河原ほどの遣い手を一刀の下に斬り倒せる腕を持った人物に心あたりなんて、まったくありませんよ……もっとも、大河原はあの見た目のとおりの傲慢な男だったから、わたしの知らないところで恨みを買っていたということは考えられますがね。それはわたしには関係ないことだ」

半刻後、晋作は当番所を出た。

猪狩に会って、花嵐の謎めいた書きおきの意味を探り、大河原殺し解明の糸口を見つけたかった？　違う。おのれの気がすむようにしたかっただけだ。だが、おのれの気のすむことなどないのだと、晋作にはわかっていた。

牢屋敷の表門外の石橋を青白い月光が洗っていた。主従三人の影が石橋を渡った。塩町の静まった往来を戻った。夜鳴蕎麦の風鈴の音がした。

「相田、寒空を待たせて申しわけなかったが、もう一カ所寄り道がしたい。すぐ近くだ。上町に千代田稲荷がある。大河原が斬られた場所を見ておきたい」

「仰せのとおりに」

人通りが途絶え、寂しい小路だった。月明かりに照らされて、前方に稲荷の鳥居が見えた。

稲荷の先に上町と亀井町の辻がある。稲荷と辻の中間あたりに屋台の明かりが灯っていた。

晋作は鳥居の前にきて立ち止まった。

鳥居に凭《もた》れて倒れている大河原の亡骸《なきがら》が、一瞬、浮かんだ。

そのとき風鈴が鳴った。屋台の明かりの中で人影が動いていた。男と女だ。

あの蕎麦屋はここらあたりを流しているのか――

「相田、屋敷に戻るまでの腹つなぎに蕎麦を食っていこう」

晋作は言い、屋台の灯に近づいた。男と女が手拭をとって晋作にお辞儀をした。両名とも驚くほど若かった。

「蕎麦を三つ、くれるか」

「へい。ただいま」

男は足を引きずっていた。手拭をかぶり、蕎麦作りにかかった。湯気と香ばしい汁の匂いが晋作の空腹をくすぐった。

「蕎麦屋、ここらへんをよく流しておるのか」

「へい。まれに、ここらも流しやす」

「四日前はどうだ。子の刻ごろ、この近くにいなかったか」

「四日前？　子の刻、はてどこを廻ったたっけ」

「浅草から下谷に廻ったよ」

女が考えている男に言った。

「そうだそうだ。浅草から下谷だ。しけた夜だったたっけな」

晋作は女に笑みを作った。女がはにかんで少し顔を赤らめた。娘と女の間をゆれ動いている危うげな愛嬌があった。

「夫婦か」

「いえ。よく訊かれやすが、兄妹でやす。あっしがこんな身体で奉公口が見つからねえもんだから、妹には苦労をかけやした」

妹が碗をそろえ、兄が蒸した蕎麦を入れて汁を注ぎ、梅干と葱《ねぎ》をまぶす。

「へい。お待ちどおさんで」

妹が熱い蕎麦の碗を次々に手わたした。

箸《はし》を口に咥《くわ》えて割り、甘辛い汁と素朴な蕎麦の歯応えを味わった。

「美味《うま》いなあ」

「生きかえる心地がいたしますなあ」

相田がこたえて鼻をすすった。

「替えを頼んでもよいぞ。好きなだけ頼め」

晋作が中間に言った。

「そうだ、亭主、酒はないか」

「酒はありやすが、お武家さまのお口にはとても合わねえ田舎酒でやして」

「それでよい。三つ頼む」

「旦那さま、奥方さまがお帰りをお待ちだと思いますが」

「いいさ。こういうこともある」

妹が小さな床几に盆をおき、濁酒《にごりざけ》を満たした碗を三つ並べた。

三人は床几を囲み、蕎麦をすすり、濁酒の碗をあおった。

「蕎麦屋さん、ひとつ、もらえるかい」

黒の表着を裾端折りにし、黒の手甲脚絆《てっこうきゃはん》、黒足袋草鞋《わらじ》に菅笠《すげがさ》を目深にかぶった背の高い男が晋作らの傍らから不意に現れ、屋台の前に立った。

晋作は驚きを覚えた。男が傍らを通るまで気づかなかったからだ。

男は冷たい冬の寒気に溶けこむようにひっそりと立ち、身動きしなかった。

月の光が男の黒い装いを、銀色に染めなおしていた。

「おぬし、仕事は何をしておる」

晋作は後方から声をかけた。男は顔だけを少しふり向け、菅笠の下に伏せたまま一礼した。

「羅宇屋《らうや》の行商でございやす」

屋台の提灯の灯が男の横顔に陰影を作った。

「羅宇屋？　道具はどうした」

「へい。お武家さまの目障《めざわ》りになりませんように、そこの軒下に」

晋作らがふりかえると、すぐ背後の暗がりに行商の道具がおいてある。

この男、いつの間に。気配がしなかった。ただの町人では……

「亭主、こちらにも酒を頼む」

「いえ。あっしは……」

「いいではないか。わたしは北の御番所の吟味方を務める鼓晋作と申す。おぬし、名は？」

「へい。仁吉《にきち》と申しやす」

晋作はじっと佇《たたず》む男の斜め後方から、二歩、三歩、と近づいた。

屋台の兄妹が手を止め、こわばった顔で晋作と男を身較べた。

「硬くならんでくれ。役目がら、詮索癖がついてな。おぬしはここらへんをよく廻っておるのか」

「今日はたまたまご町内を通りかかり、注文をいただきやしたもので」

「ずいぶん遅くまで励んでおるのだな」

「ありがたいことでございやす。年の瀬だからでしょうね。先ほどまであちらの稲荷の境内をお借りしておりやした」

「なに。千代田稲荷にいたのか」

「祠《ほこら》の傍らに。先ほど、鼓さまが鳥居の前で立ち止まられましたのも……」

妹が震える手で男に濁酒の碗をわたした。男は碗を両掌で支え、ゆっくりとあおり、しかしひと息に呑み乾《ほ》した。

男の年はよくわからなかった。ただ碗を持ち上げたとき、眉間から頬にかけての古傷が見えた。

「顔の傷はどうした」

「恥ずかしながら、昔の道楽のつけでございやす」

「国は？」

「潮来でございやす。道楽の末が国で食いっぱぐれ、半年前、江戸にめえりやした。今はこのざまでその日暮らしに落ちぶれ、本所吉田町の長太郎《ちょうたろう》長屋でございやすが、そこもこの年の瀬にいつ追い出されるかわからねえありさまで」

「吉田町だと、遠いな」

男が酒の碗を妹に戻し、兄が代わりに蕎麦の碗をわたした。

「おぬしは四日前、あの稲荷の鳥居前で人が斬られたのを知っておるか」

「牢屋見廻りのお役人さまだそうでございやすね。牢屋からの帰りだとか……お客さんから、四方山《よもやま》話の中でうかがいやした」

「詳しいな。ほかにはどんな噂を聞いた」

「傷はひと太刀で、相当腕のたつ侍に違いねえと。それから……」

汁を音をたてずにすすった。喉が心地よさげに鳴った。

「町方は柳橋あたりじゃあ顔だが、ひどく悪い評判がたっていたそうで、こうなったのも当然の報いだという噂も聞けやした」

「仁吉だったな。おぬし、花の嵐という言葉から何を連想する」

晋作は、なぜ羅宇屋にそんなことを訊いたのか、わからなかった。

男のひっそりとした背中が、晋作にそれを訊かせたのかもしれなかった。

男は蕎麦をすすっていた。蕎麦屋と妹が屋台の向こうで手仕事をしていた。男は蕎麦の碗を胸の下まで下ろし、短い息を吐いた。

「花のように儚く、嵐のように猛々《たけだけ》しい、人の命でしょうか」

男は初めて正面から晋作に顔を向け、そう言った。

そして菅笠を上げ、額から痩《こ》けた頬に走る生々しい傷跡を月光に晒し、穏やかに教え諭《さと》すように、晋作に笑いかけた。

文政元年の年の瀬、江戸は二十日の餅搗《もちつ》きがすぎ、神田明神、芝神明、芝愛宕《あたご》下、と続いて平河天神でも歳の市がたった。

露店で売る値六十四文の大黒天を盗んで帰ると福が授かると言われる大黒天の露店、注連縄《しめなわ》、三方《さんぽう》、ほんだわら、そして橙《だいだい》、譲葉《ゆずりは》、鯛《たい》、海老《えび》、山芋《やまいも》、昆布《こんぶ》、干柿の飾り食品などの露店が並び、境内は江戸庶民で夜遅くまで賑わう。

さらに年も押しつまると、節分の厄払《やくばら》いを生業《なりわい》にする門付芸《かどづけげい》の唱文が江戸の界隈《かいわい》に春の到来を告げて廻る。

せきぞろござれや、はあ、ござれやござれや……

せきぞろまいねん、まいねん毎年、毎年だんなの、だんなのお庭へ……

小太鼓とささらをかき鳴らし、節季候《せきぞろ》の呼び声が辻々を廻るその年の瀬の朝、猪狩俊介の死体が亀井町から橋本町にかかる龍閑堀《りゆうかん》に浮いている一報を、友成矢九郎が詮議所にもたらした。

「まだ詳しい報告は届いていません」

友成が聞きおよんだ事情では、猪狩には馬喰町《ばくろちよう》にある楊弓店《ようきゆう》にお美那《みな》という馴染《なじ》みの女がおり、前夜、お美那の楊弓店ですごしたあと、牢屋敷に戻る途中の龍閑堀で何者かに襲われ堀に落ち絶命した。

そして、切紙《きりかみ》に《花嵐》と書いた筆文字が、猪狩の浮いていた龍閑堀堤の枯れ木に引っかかっていた、というものだった。

三

町奉行所の御用始は正月十七日である。正月元旦明け七ツから、与力は熨斗目《のしめ》麻裃《あさかみしも》に供侍、槍持ち、挟箱持ちを従えて番所にそろい、それより十六日まで挨拶廻りと答礼が続く。

その間の正月五日は、昼の九ツ、与力一同が礼服で番所にそろい、一之間にあたる桐之間から二之間三之間を式場にして、恒例の奉行より与力一同へ椀飯振舞《おうばんぶるまい》が行なわれる。

九ツ刻、穏やかな日差しが午前の冷たい初春の息吹を溶かした。

式場の左右に列座した与力の前に一汁十二菜の膳部が用意される。

晋作は西の襖《ふすま》を背に、列座の中ほどを占めた。上座にあたる右隣に戸塚宗治郎、左隣には田宮彦六が畏《かしこ》まっている。

ほどなく礼服の奉行、永田備後守が三ツ組盃を載せた三方を捧げる公用人の高畑孝右衛門《たかはたこうえもん》を従えて桐之間に現れ、式が始まった。

奉行は一同に会釈《えしやく》し、礼式どおりの口上を述べる。

「本日は新年の嘉儀《かぎ》を祝い、各々《おのおの》年中の勤労を慰むるためにそろってもらった。粗末ながら一盞《いつさん》を献ずるものである。各々心おきなく呑まれんことを乞《こ》う」

それから筆頭与力である年番方の福澤兼弘《ふくざわかねひろ》から順に一盞を指し、与力一同は奉行の前に出てこれを受ける《進み受け》の礼式になる。

礼式がすみ、奉行が、

「打ちくつろぎ、すごされたし」

と述べて中座してから、例年の正月の酒宴になった。

奉行の公用人・目安方が一人ひとりの席を廻って酒を勧め、なごやかな談笑に式場は包まれた。

順番が晋作に廻ってきて、膳の前に公用人の高畑が座った。高畑はにこやかに微笑んで、

「お役目に励まれませ」

と述べて盃に酒を注いだ。と、晋作が押しいただいて口をつけようとすると、晋作の耳元にさりげなく顔を寄せ、ささやいた。

「お奉行さまがお呼びだ。内密のご用だ。今しばらくしてご用部屋へいってくれ。それと、今日はあまりすごされぬようにな」

晋作は高畑を一瞥《いちべつ》して頷いた。正月早々内密のご用とは穏やかではない。

何事だろう——晋作はわずかに唇を濡らしただけで盃を膳においた。

用部屋には礼服のままの奉行の永田備後守、さっきまで式場の上座にいたはずの主任の柚木常朝、それに黒羽織の徒目付・小木曾勘三郎がいた。

小木曾は二年前、父・甚内が隠居して家督を継ぐと同時に徒目付に任ぜられ、以来、父親と同じように奉行所の監察に目を光らせている役人だった。

年は晋作より若い二十八歳。能吏《のうり》ぶった態度や、わざとらしい慇懃《いんぎん》な物言いが少し鼻につく男だった。

「鼓晋作か。寄れ」

今年、転免の噂が出ている永田備後守が、扇子で畳の〈そこへ〉と差した。晋作が前に進んで着座し、手をついて一礼すると、

「新年早々、酒宴に水を差してすまん。酒を呑んで始める話ではないのでな」と、きり出した。そして「話せ」と柚木に頷いた。

柚木は奉行に頭を下げ、晋作へ少し膝を向けた。

「暮れの大河原と猪狩のことだ。鼓は二つの殺しについて何か聞いているか」

やはりそうか——晋作は思った。

「奉行所に現在届いている報告以外の事情は、聞いておりません」

「二人の斬殺はほぼ間違いなく同じ者の仕業だ。それについてはどうだ」

「奉行所内では言われております。大河原、猪狩ともひと太刀に、しかも刀を抜く隙もなく斬られております。その鮮やかな太刀筋から見て、両名を斬ったのは同じ遣い手に相違なしと」

「ほかには」

「また、両名は牢屋見廻り、牢屋同心の立場を利用して手を結び、縁者からの差し入れを強要し、そのうちから横領しているとの噂が絶えず、それがために恨みを買い命を狙われたのではないか、と聞いております」

「それは噂ではなく事実です」

徒目付の小木曽が、晋作の勘違いを正すかのように言った。

「だがな鼓、この二つの事情はそう単純ではないかもしれんのだ」

と柚木は小木曽を遮り、能吏の目を晋作からそらさず続けた。

大河原は師走九日子の刻、小伝馬上町千代田稲荷前の小路で斬られ、社前《しゃぜん》鳥居の根元に仰向けに倒れていた。猪狩が斬られたのは、同師走二十八日丑《うし》の刻（午前二時）、亀井町東河岸の龍閑堀堤だった。

両者とも胸元から首筋へと斬り上げられ、ひと太刀以外に傷はなかった。斬られたあと龍閑堀に落ちた猪狩は、ほとんど水を呑んでおらず、ひと太刀で絶命したのは明白だった。いきなり襲われたとしても、侍をたったひと太刀でほぼ即死に至らしめる手練は、侍の中でも尋常な腕ではない。

今のところ怪しい者を見たという者も現れず、両名が大刀を抜いていなかったのは相手が顔見知りだったからではないかという疑いが出た。

そこで廻り方は調べを、二人の共通の知り合い、共通の利害がからむ者、そのうえに腕のたつ者、に絞って正月返上で進めてきた。

ところが、両名の役目が牢屋見廻り、牢屋同心であることから、その三つの条件で浮かび上がった者のほとんどが町方役人か牢屋敷の同心という事態に陥り、廻り方の探索は混乱した。

「今、わからないことが二つ浮かんでいる」

と柚木は言葉をきり、晋作を見つめた。

式場からは与力らの笑い声が、小波《さざなみ》のように聞こえてきた。

「ひとつは、そのひと太刀がもしかしたら刀傷ではないかもしれないのだ。これは猪狩が牢屋同心だったから、首打ち役の六代目・山田《やまだ》朝右衛門《あさえもん》どのが牢屋敷に運ばれた死体をたまたま見る機会があって、死体の斬り口を見てもらした感想だが、得物は刀よりもっと薄く鋭利な、反りの少ない料理刀のような物ではないかと申したらしいのだ」

「包丁ですね？」

と訊きかえしたのは小木曾だった。柚木は「さよう」と頷いた。

「むろん、斬り合いの場に料理包丁のような細く鋭利な得物など、使い物になるはずがない。ただし、戦国武士の得物を打ち合い、ぶった斬る、ぶっ叩く目的ではなく、生身を斬る、止めを刺す目的だけでなら、技を磨き上げれば斬り合いの中でも使えぬことはないと、山田どのは申された」

「侍が斬り合いのためにそんな技を磨く必要がありますか。ならば剣の修行をすればいい」

「そこだ。つまり、二人を斬ったのは侍とは限らないということだ。それは剣道場で積む剣の修行ではなく、料理人のような職人でなければ磨けぬ技、あるいはやくざ出入りの喧嘩場などで実際の斬り合いで試しながらでなら身につけられるかもしれぬ技だからな」

「料理なら、女の仕業ということも考えられませんか」

小木曾が口を挟んだ。

「わたしはあの深さまで斬りこめる膂力《りょりょく》は男のものだと思うが、まあ、あり得なくはない」

柚木は小木曾に素っ気なくかえし、

「今ひとつはこれだ」

と懐から二枚の切紙を出して晋作の前においた。そこに《花嵐》と記してある。

「これが、大河原の死体のそばと猪狩の浮いていた堀堤に捨ててあったのは知っているな。鼓はこの書きおきについて、どう見る」

晋作は見るのは初めてだった。謎めいた、しかし穏やかな、趣《おもむき》のある掠れた筆文字だった。以前どこかで、この言葉を頭に刻んだような気がした。

「花嵐の、言葉の意図がわかる者がいるかと思われます」

と晋作は切紙から顔を上げてこたえた。柚木が頷いた。

「賊はその者に向けて、大河原と猪狩の亡骸《なきがら》のそばにこの書きおきを残し、次はおまえだと、恫喝《どうかつ》し死を言いわたしているのではないでしょうか」

「意図がわかるのであれば、おのれの正体を晒《さら》すことになるのでは？」

「賊は、その者がおのれの正体をばらさない、あるいはばらせないことを知っているのです。おそらく、おのれのあることがその者に脅威になるともです。この書きおきには、その者への強い遺恨が感じられます」

「次の殺しが、あると見るのだな」

「そう思えます」

「すると大河原と猪狩も、明かせない事情にからんでいたことになるな」

「のみならず、町方役人、牢屋同心を斬殺してこの書きおきを残したのは、お上に対する挑戦ではないかとも思われます」

「どういうことだ」

「お上に代わり、おのれが報いを受けさせてやったのだと」

「お上に代わって？　証拠があって言われるのか」

小木曾が詰問口調になった。

「斬ることだけが目的ならば、書きおきを残す危険を冒す必要はありません。にもかかわらず、あえて……」

「不埒《ふらち》な。花嵐などと、お上に盾突《たてつ》くつもりか」

奉行の呟きが晋作の言葉を遮った。奉行は扇子で掌をしきりに打っていた。

酒宴の式場でまた笑い声がさざめいた。

柚木は晋作を見つめなおして言った。

「鼓、この吟味、できるか」

「必ず……」

できます──と晋作はこたえていた。こたえてから、何を、どうできるか、とも柚木が言っていないことに気づいた。直感だった。捕らえて吟味の場に引き出せ、と。どうにかなる。晋作は胸の中で決意をこめた。

「町方が二人も斬殺されて賊を捕らえられぬとあっては、われら御番所の恥辱だ。世間は面白おかしく囃《はや》したてておる。そのうえ、事件の裏に町方の不正がからんでおるとすれば、御番所の面目は泥にまみれたも同然だ……」

奉行が柚木を制して言った。

「鼓、必ず捕らえよ。ただし、御番所の面目を損ねる町方の不正があれば、すみやかに処理せよ。言っている意味がわかるな。責めはわたしが負う。これは町方奉行としての……わたしの最後の命令だと思え」

その言葉に一同が奉行の顔を見た。晋作は畳に手をつき、頭を深々と下げた。

「これは最優先の務めだ。探索に要る人手は調《ととの》える。誰を使ってもいいが、とりあえずお奉行さまの手配した現場の廻り方をひとり廻すから、その者らと協議して事にあたれ。年始の挨拶答礼、今抱えておる公事そのほかは田宮にやらせる。そちらの手配はわたしがする。それでいいな」

柚木が言った。廻り方は誰でしょうか。訊こうとしたが、奉行が「よし」と言って座を立ちかけたので、それは訊けず仕舞いだった。

「お久しぶりです。新年、おめでとうござる」

「やあ、礼さんではないか。おめでとう。同じ奉行所にいながら随分顔を見なかったが、元気そうで何よりだ」

「晋さんも変わりなく。去年はご長子・麟太郎さまご誕生のお祝いにもうかがわず、失礼いたしました」

「とんでもない。お内儀に祝いの品をいただいた。気づかい、感謝いたす」

谷川礼介は供侍の相田にも会釈を送り、晋作と並んで床几にかけた。

北町奉行所表門前の腰かけ茶屋である。

奉行所の公事人溜《だまり》に入りきれない町民が、この腰かけ茶屋で詮議の順番を待つのである。

順番になると奉行所の下番《かばん》が「……件の者、入りませう」と呼びにくる。

椀飯振舞の酒宴が、湯づけ引菓子が出たあと、与力一同が奉行に答礼してお開きとなり、退散途中の廊下で高畑が晋作をまた呼び止めた。

「表の茶屋に人が待っておる。その者に会われよ」

「どなたです？」

「会えばわかる」

茶屋で晋作を待っていたのが三年前、隠密廻り方同心に役目替えになった谷川だった。以前より日焼けした褐色の肌が、頤《おとがい》の張ったがっしりとした体軀にいっそう逞《たくま》しい印象を与えていた。

「逞しくなったな。お役目のせいかい」

「詳しい事情は申せませんが、ここ数カ月、さる旗本屋敷で中間奉公をしておりました。そのせいでしょう」

「中間奉公をか……お役目とはいえ、身の危険も覚悟せねばならんのだな」

「危険は覚悟のうえです。これでも武士ですからね。ぎりぎりのところで、おのれが試されている緊張はやり甲斐《がい》があります」

「礼さんは下役同心で納まる器ではなかった。今のほうが吟味方のときより生気《せいき》が感じられる。礼さんには合っているんだね」

「そんなふうに見てくれるのは晋さんだけです。みな、吟味方から隠密に格下げになったと思ってますから。別にいいんですが。それより、また晋さんとお務めをすることになりました」

「ありがたい。心強い味方を得た。今度の吟味は御番所の恥を暴くことになるかもしれない。おそらくきつい仕事になる」

晋作は、一刻前、用部屋に呼ばれ、奉行から大河原と猪狩殺し探索の命を受けたあらましと、そのうえで柚木より見せられた、遺体のそばに残されていた《花嵐》の書きおきのことを語った。

「はなあらし……ですか」

「どういう謎だろう」

昼をだいぶ廻った西日が、奉行所の海鼠壁《なまこかべ》と通りに落ちている。

「花嵐の書きおきには、何者かの欲得ずくを超越した殺しへの冷徹な意志が感じられる。それと、大河原も猪狩もひと太刀だけで止めを刺されていなかった。おそらくこの者はこれまでに人を何人も斬っている」

谷川は頷き、ごくりと喉を鳴らした。

「礼さん、十一年前の町会所七分金積立の横領嫌疑のことを覚えているかい」

「吟味方に配属になって初めてわれらが手がけた吟味でした」

「大河原が殺されたと知ったとき、おれはあの一件を思い出した。あのときの大河原がとうとう死んだかみたいな空しい感慨だった。それが頭から離れなくてな……あのあと、小伝馬町の牢屋敷に猪狩を訪ねた」

「晋さんらしい……」

「猪狩は町方から牢屋同心に役目替えになったのは、おれの報復人事だと思いこんでいた」

「馬鹿ばかしい」

「猪狩を探れば、大河原の斬殺と花嵐の書きおきの謎を解く手がかりが見つかるのではないかと期待した。何もわからなかった。だが、本当はそんなことはどうでもよかった。礼さんとこうやって話して、なぜ猪狩を訪ねたか今わかった。次はもしかしたら猪狩ではないかと、そんな予感が理由《わけ》もなくしていたのだ。礼さん、大河原が殺され、続いて猪狩が殺された。これは偶然だろうか」

「あの七分金の横領疑惑の続きだと、言いたいのですか？」

「あのとき行方不明になった逢坂屋孫四郎が雇いの書役、赤ん坊を抱いて小名木川に身を投げた書役、名前は藤吉だった……」

「晋さん、もう十一年も前のことです。かかわりがあるとしても、それにこだわりすぎては真相を見誤りかねません。地に足をつけて事を運びましょう」

「ああ。わかってはいるのだが……」

「晋さんに会っていただきたい者らがおります。町人ですが、わたしが使っている手先です。このたびのお役目にも働けるはずです」

夕刻、渋茶の小袖を着流し、一本独鈷《どっこ》模様の博多帯に二本をざっくりと差し、深網笠に羽織は羽織らず、白足袋に裏付草履を鳴らし、晋作は日脚の次第に長くなった黄昏どきの日本橋を渡った。

昼の日差しの名残《なごり》が、川舟のいき交う日本橋川を紺色に染めていた。

日本橋から室町の大通りは、年始の挨拶廻りの商家の番頭や手代、荷物を提げた丁稚《でっち》らの姿であふれ、道端で会った知人と声高に挨拶を交わし、挨拶廻り先の振舞酒《ふるまいざけ》に顔を赤らめた商人は、次のお得意へ急ぐのか、小僧を引き連れ、かたかたと足早に下駄を鳴らしていく。

祝儀の樽酒を積んだ荷車が車軸を軋《きし》ませ、大店《おおだな》の御新造《ごしんぞ》がむずがる子供の手を引き、女中がぞろぞろとつらなり、大神楽《おおかぐら》の太鼓笛のお囃子《はやし》がまだ抜けない正月気分を室町大通りにまき散らしていた。

晋作は外出《そとで》どきは身分役目がら、堅苦しい裃やくだけても羽織袴ばかりであったから、着流しに深網笠のくつろいだその夕刻の拵《こしら》えは、不慣れでも自分が別人になったような、少し浮かれた気分だった。

御公儀の高官を務める侍が、身分を隠して吉原へ繰り出すのはこんな感じでもあろうか。といっても、後ろに五十三歳の相田が、これは供侍らしい紺の羽織袴に同じ深網笠をかぶって従っていた。

谷川とご用で出かけるのだからひとりでいいと言っても、

「そうは参りません。わたくしの務めでござる」

と、どうしても譲らなかったのである。

父親の又右衛門は相田を従え冠木門《かぶきもん》を出ていく晋作の着流しを見つけて、子供の世話に忙しい嫁の高江に訝しんで問うた。

「あの格好で晋作はどこへ出かけたのだ。正月早々、悪所通いか」

「谷川さまとご用がおありだとかで、お出かけでございます」

「谷川と？　この刻限にか？　どうも近ごろ晋作の様子に落ち着きがない。お役目に慣れて、麟太郎もでき、気がゆるんでおるのではないか」

「相田も一緒でございますから、ご心配にはおよびませんよ」

「それならよいが、ちゃんと手綱を締めるのも妻の務めぞ」

又右衛門は気が気でなさげに釘を刺した。

むろん、妻と父親の間でそんな会話が交わされたことを知るはずもなく、晋作は暮れ泥《なず》んでも人通りの絶えぬ大通りに若い歩みを進めた。

本石町の十軒店まできて、人形店や人形売りの小屋が並ぶ賑わいにもまれながら相田が訊いた。

「旦那さま、谷川さまとはどちらでお会いになる約束で」

「もう会っておるよ」

晋作は相田に前方の人通りを顎《あご》でしゃくった。

鳥追いが使うような網笠に黒菱模様の着物を裾端折りにし、背に小さな風呂敷包みをからげ、脚絆草鞋の引札配り風体の男が二人をちらりとふりかえった。

引札配りは、ふ、と網笠の下で笑った。谷川だった。

「日本橋北詰で六ツ半ごろ。わたしのほうが見つけます」

指示された日本橋北詰で谷川と目配せした晋作は、谷川の変装姿に納得しつつ、背中を見失わないように日本橋から追っていたのだった。

「はあ？」

相田が不思議そうに引札配りを見て声をもらした。

「だから、ご用だと言ったろう」

晋作は笠の縁を少し上げ、相田に一瞥《いちべつ》を投げた。

四

その家は大通りから神田多町《たちよう》の小路に入り、辻を北と西に曲がった狭い新道の裏店にあった。黒板塀の大家《たいけ》の家があり、木戸をくぐってどぶ板を踏み鳴らすと、ごみ溜《ため》と貧しい夜食の臭気にまじって、香の匂いが流れてきた。

ひと棟五軒の二階家がつらなり、表の障子越しに薄灯がぽつぽつと路地にこぼれている。谷川が三軒目の腰高障子の前に立った。

「桂木《かつらぎ》、いるかい」

はい――中から若い女の声がした。

谷川が障子を開けて「こちらへ」と言った。晋作と相田は狭い土間に入り、笠をとった。香の匂いがより強く感じられた。板敷があり、一尺ばかり開いた奥の襖の間より行灯の灯が差していた。

格子の明かり窓の下に流し場と竈《かまど》、甕《かめ》や碗を重ねた小棚があった。隣家との薄い壁越しに子供と大人の話し声が聞こえる。

襖が左右に開き、白地の裾に薄墨の花柄模様をあしらった小袖に、生絹《すずし》を羽織った痩せた女が姿を現した。

長い黒髪を背中に垂らし、細い顎に不釣合いな一重のきれ長の目と筋のとおった鷲鼻《わしばな》が、女の器量に美しさではなく、不思議な妖気を与えていた。

「客だったかい」

「つい今しがたまで。どうぞお上がりください」

晋作と谷川が上がり、相田は土間に控えた。

襖の奥は横六畳の広さだった。奥に二階へ上がる階段がある。階段の向かい側の壁に白木の祭壇が設《しつら》えてあり、弓矢、笹《ささ》と南天《なんてん》の葉枝、茶碗、火の消えた百目蠟燭《ろうそく》が一本、それに香を炷《た》いている器があった。

女が台所から茶碗と一升徳利を提げて現れ、祭壇を背にして座った。

「まだ火も入っておりません。白湯《さゆ》も出せませんのでこれを……」

　女は濁酒を茶碗に注ぎ、二人の前に差し出した。

「この女はお澤《さわ》と言い、信濃の諏訪《すわ》の生まれです。ご覧のとおり、梓巫女《あずさみこ》を生業にしており、わたしらは桂木と呼んでおります。仕事がら、世間の評判や人の噂話に詳しく、いつも助けられています。桂木、吟味方与力の鼓晋作さまだ……」

　桂木が晋作にゆっくりと頭《こうべ》を垂《た》れた。

「これは新年の心づけだ」

　谷川が袖から小さな紙包みを出した。桂木はそれを押しいただき、

「お志《こころざし》、頂戴いたします」

　と着物の前襟に差し入れた。

「で、何か調べがついたかい」

「少々……」

「鼓さまにお話し申せ」

「では」

　桂木は祭壇の丸木のままの梓弓《あずさゆみ》を持ち、弦を鳴らして、

「あまねく冥道《みょうどう》をおどろかし奉る、あらたかやこのときに、万《よろず》のことを残りなく、

教えたまえや梓の神……」

と呪文《じゅもん》を低い男のような声で唱えた。それからおもむろに部屋の隅へいき、文机《ふづくえ》の切紙になにやら文字をしたためた。

桂木は切紙を手にして戻り、「どうぞ……」と晋作の前においた。

手にとって見ると、暦売、印肉詰替、古碗買、蠟燭の流れ買、羅宇屋、焼継屋、風鈴蕎麦、いなり鮨売、おでん売、と書かれてあった。

「これは?」

「調べますれば、花嵐……の書きおきが死人《しびと》のそばに残されており、斬られた者が町方と牢屋のお役人でございますので、書きおきの謎解きとからめて、巷間《こうかん》で噂になっております」

「どんな噂になっている」

「花嵐は、町方役人が使っていた袖の下の符牒《ふちょう》らしいという噂でございます」

「殺された二人の評判は悪いのか」

「それが人々の口端にかかるとき、必ず頭に、腐れ、と誰もがつけるほどに」

腐れ役人か――晋作は茶碗の濁酒を口に含んだ。

桂木は梓弓の弦を鳴らした。

「谷川さまのご命令で、正月から千代田稲荷小路近辺と亀井町龍閑堀東河岸の近辺を丹念に門付して廻り、去年暮れの九日と二十八日の両日、町内で見かけた、あるいは売り声を聞いた、屋台、ふり売り、行商、見知らぬ通りかかりの者、などについて訊ねてまいりました。これは、その折り聞き出したものを記しました」

「廻り方が殺しがあった当日から両町内の訊きこみをしていたはずだが」

「廻り方のお役人は、必ず怪しい者を見なかったかと、お訊ねになります。九日の最初の殺しから早ひと月近く。未《いま》だ怪しい者の手がかりがないのであれば、きっと怪しい者はいないのでしょう。ですからわたくしは、怪しくない者を訊ねて廻ってみました。何かのご参考になるのではと思い……」

「なるほど、いろんな行商が売り歩いているもんだな」

「鼓さまの気になる者がいれば、もう少し詳しく調べてまいりますが」

晋作は切紙にある行商の風体を思い描いた。ふと、猪狩を牢屋敷に訪ねた夜、千代田稲荷の小路で若い兄妹の働いていた風鈴蕎麦の屋台で蕎麦を食い、これと同じ濁酒を呑んだことを思い出した。

顔に傷のあるあの男。あの男は羅宇屋だった。名前は仁吉。

「本所吉田町の長太郎長屋に仁吉という羅宇屋がいる。額から頬にかけてざっくりとした傷のある男だ。別人かもしれないが、調べられるか」

桂木はゆったりと頷いた。

ふと、晋作の意識を風鈴蕎麦の屋台で交わしていた兄妹の声が掠めた。

「それと、名前も住まいもわからないが、風鈴蕎麦の屋台を営んでいる若い兄と妹だ。兄は左足を引きずっている」

壁の向こうから子供と大人の話し声がまだ聞こえていた。


三人が柳原堤に近い豊島町比丘尼《びくに》横丁の白輿屋《しらこしや》（棺桶屋《かんおけ》）を訪ねたのは、夜五ツをすぎたころだった。

主人の万次《まんじ》は年のころは三十半ば。短軀に細縞の長着を端折り、正月早々夜業で棺桶を拵えていたらしく、股引が木屑《きくず》で汚れていた。才槌頭《さいづちあたま》に窪《くぼ》んだ目が不機嫌そうな風貌の男だった。

棺桶作りの作業場と店を兼ねた広い前土間があり、壁棚に、卒塔婆《そとば》、七本仏《しちほんぼとけ》、経帷子《きょうかたびら》、流灌頂《ながれかんじょう》、樒《しきみ》、霊前用の茶碗などの葬送用具がそろっている。

火のおこった土火桶《つちひおけ》が宵になって冷えこんだ土間を暖めていた。

「正月も仏さんは待ってくれやせん……金三《きんぞう》、お客さまにお茶をお出ししな」

土間続きの四畳半に晋作と谷川を招じ、奥に呼びかけた。

「へえい」と奥から子供の声がかえってきた。

「こちらは吟味方与力の鼓晋作さまだ。町方殺しの探索の指揮をおとりになる」

谷川が言うと、万次は畳に畏まって手をついた。

「万次でございやす。お見知りおき、おねがいいたしやす」

万次は仏にまつわるさまざまな噂話、十仏十色《じゅうぶつといろ》の評判を集めてくる。

「魂の抜け殻になった仏さんがね、娑婆に残した未練を話しかけるんでさ、たとえば、子供の小《ち》っちぇえ桶拵えてると、おっ父う、おっ母あと呼ぶ声が聞こえやす。真っ当に暮らしをたてて往生した仏さんは、苦労の連続だった、これで休めると、安らかに目を閉じていらっしゃいやすよ」

そんな言い方をして陰鬱《いんうつ》な顔に似合わず白く綺麗な歯並びを見せる男です、という谷川の説明だった。

愛嬌のある小僧が、晋作と谷川、土間に控える相田にも茶を運んできた。

「この稼業は瓦版《かわらばん》や隣近所の噂話とは別の、同業者が見たてた仏さんの事情が見えてきやす」

と万次は窪んだ目を光らせた。

「暮れに斬られたお役人の刀傷は、胸の下から首筋に斬り上げたものでやした。棺桶を拵えた職人によりやすと、あんな斬り方は普通の町民にできることじゃねえそうです。と言って、剣の修行をまともに積んだ侍が踏みこんで、抜き打ちに、あるいは斬り下ろした手首をかえして斬り上げるのとも全然違う、初めて見るような太刀筋らしいんで。そういうために特別な修行を積んだ芸人、職人の技ではないかと思いやす」

「そういうための修行とは、どんな修行だ」

谷川が訊いた。万次は谷川に向き、「へえ」と言った。

「人を斬るために積んだ修行でやす」

「それは剣の場合と違うのか」

「剣の修行は敵に勝つための修行でございやしょう。これは相手を殺すためだけに凝り固まった匠《たくみ》の修行と申せやしょうか」

晋作は昼間呼ばれた用部屋の話で、柚木が首打ち役の山田朝右衛門の見たてとして、料理人の使う料理刀が例に上がったことを考えていた。

子供のころ、父・又右衛門に連れられ、麹町《こうじ》の旗本屋敷で、魚箸《まなばし》と料理刀を使い、魚板《まないた》の魚をきり捌く室町の古式豊かな料理人の技を見た記憶が甦った。

晋作は言った。

「庖丁を修業した料理人に、できるのではないか」

「できると思いやす。けど、どんな腕のたつ料理人でも俎板《まないた》の上の動かない魚をきりやす。こいつは自由に動き廻り抵抗する人を斬りやす。俎板の魚と人の間には大きな差がございやしょう？　較べ物になりやせん。この人物が積んだ修行は尋常じゃねえ」

誰が流すのか、柳原堤の方から豊後節《ぶんごぶし》と三味線が物寂しげに聞こえてきた。夜はしんしんと更《ふ》けていた。

「そんな凄腕の始末屋稼業の噂は、知らねえかい」

谷川がくだけた口調で訊ねた。万次は腕を組んで考えたあと、話し始めた。

「……ありゃあ、五年ばかし前でやしたかねえ。うちの親父が卒中で倒れやしてね。見てのとおりあっしは独りもんで、お袋はあっしが餓鬼のころに棺桶屋が嫌になったか、あっしみたいな醜い餓鬼を育てるのが嫌になったかで、男を作って家を出ちまい、以来、親父と二人でこの商いを守ってきたんでやんすがね」

晋作は生温《なまぬる》い茶に口をつけた。

「そのころ、親父の看病と仕事が重なったもんだから、男をひとり、手伝いに雇いやした。四十に手が届くいい年だったが、その年まで関八州を流れ歩いた博奕渡世の旅烏《たびがらす》をやっていて、老い先が不安になったか、足を洗って親と親戚に詫《わ》びを入れて上州の生まれ故郷に帰り、奉公口を求めて江戸に出てきた男でやした。その男が、足を洗う前、関八州の喧嘩場の助っ人稼業でぐいぐいと名を売り始めていた三十すぎの渡世人の噂をしておりやした」

「その渡世人が腕利きだったのか」

谷川が言った。

「腕利きとか強えどころじゃなかったそうで。男に言わせれば鬼だとか、化物のようだとか。同じ旅烏の間ではとにかく評判が凄くて、渡世人が助っ人に入ると、喧嘩相手の家には死人の山が築かれたと言いやす」

「渡世人と今度の事件と、何か関係があるのかい」

「いえね。鼓さまが料理人の話をなさいやしたから、ちょいと思い出しやした。雇い人は見たわけじゃないので、どんなふうに使うかまでは言えやせんがね。渡世人は二刀使いで、長脇差ともう一本をふり廻して人をぶった斬るんですが、その一本が特別に誂《あつら》えさせたと評判の、料理刀のような得物だったそうで」

「料理刀、のような？」

「へい。ただ凄腕というだけじゃなく、その妙な二刀流も珍しくて、評判の種になったとか」

「渡世人の名前は」

「……確か、斬られ弥太郎、またの名を死神弥太郎と聞きやした」

関八州の男か。遠いな。晋作は淡い旅情をかきたてられた。

谷川がさらに言った。

「そんなに強い渡世人が、なぜ斬られ弥太郎なんだ」

「渡世人の風貌がそうらしいんで。額から頬にかけて、こう斬られた傷跡が走っていたと……」

晋作は呑みかけた茶を、ぶふっと吹き出し、持っていた茶碗をとり落としそうになった。茶が膝と畳を濡らした。

谷川と万次が驚いて晋作をふり向き、土間の相田が立ち上がった。

晋作は懐紙をとり出し、咳きこむ口を覆った。

「金三、拭き物だ、拭き物をくれ」

「旦那さま、いかがなされました」

相田が気色ばんで言った。

「……だ、大丈夫だ。粗相をした。き、気にするな」

晋作は咳きこみながら言った。小僧の金三が拭き物を持って飛んで現れ、晋作の膝と畳を拭いた。

「……許してくれ。粗忽《そこつ》であった。金三、すまんな」

「とんでもござえやせん」

谷川が笑っていた。晋作は万次に言った。

「万次、斬られ弥太郎の生まれはどこだ。霞ヶ浦の潮来ではないか」

「生まれは聞いておりやせん」

「雇い人はどうした。雇い人に聞けぬか」

「それが、やっぱり博奕が辞められなくて本所の賭場に出入りするようになり、そのうち、あっしの知らぬ間に、姿を消しやした」

「晋さん。斬られ弥太郎の生まれ故郷がどうかしたんですか」

谷川が訝しんで訊いた。

晋作は、うん、と物思いに捉われ心ここにあらずの表情で頷いた。

第四章　深川月夜

一

文政二年、正月十一日の鏡開きがすぎ、翌十二日は薬師様の縁日である。十五日は左義長《さぎちょう》で、門松《かどまつ》注連縄《しめなわ》などを焼き、その火で焼いた餅《もち》を食って一年の厄を除く。町家ではそれをどんど焼というが、御公儀は江戸の町の火災防災上、どんど焼を禁じていた。

鼓晋作はその朝、高江の拵《こしら》えた桜粥《さくらがゆ》を食べた。

知行二百石どりの与力の奥さまは料理はしない。一代抱え、家格の低い町奉行所与力奥方であってもそうである。奥方にいるから奥さまなのである。

高江は小十人《こじゆうにん》格旗本・志村文左衛門《しむらぶんざえもん》の娘である。

小十人の扶持《ふち》は元高と御足高合わせて百俵十人扶持しかなく、貧しい旗本の家だった。だが貧しくとも家格は譜代席《ふだいせき》であり、抱席《かかえ》の軽輩である町方与力よりずっと上になる。

四年前、晋作の嫁にとる話が出たとき、その家格が問題になった。

高江は美しく賢いと評判の娘だった。縁談はいくつもあった。相手はいずれも同じ旗本であり、家格・禄とも申し分のない家柄だった。

ところが、高江がどれも首を縦にふらなかった。

武家の婚姻は両家の親が決め、本人の意志はほとんど尊重されなかった。とは言え戦国の世から二百余年、本人の気持ちも無視できない太平の世になっていた。

父親の文左衛門はこのままでは婚期を失うのでは、と気をもんだ。

家格の低い町方与力の鼓家の晋作との話がきたとき、これは無理だと文左衛門は頭から思っていた。高江は会いもしないのではないか。

ところが意外にも高江は、「お会いしてみます」と言った。

晋作と高江は日本橋の料亭で見合いをした。

高江が承知し、縁談はまとまった。

文左衛門は内心驚いた。高江が断わるだろうと思っていたからだ。二百石どりではあっても、家格の落ちる、しかも武家の間では不浄役人と陰口される町方与力の家である。

「晋作どのの、何が決め手になった」

婚姻前、文左衛門が高江に訊《き》いたことがあった。

高江は、さあ、と首をかしげて考えた。それから微笑《ほほえ》んで言った。

「晋作さまはご自分が見えているお方でした」

「自分が？　みな自分は見えているだろう」

「ええ。そうなんですけれど……でも、ちょっと違います」

文左衛門にはよくわからなかった。そういうもんかとだけ思った。

高江は賢い娘だからきっと何か考えているのだろう、と納得した。

小正月のその朝、奥さまの高江が晋作のために桜粥を拵えた。

それくらいよろしいではありませんか、というような気質が高江にはあった。

晋作は桜粥を三杯替え、奉行所に出た。

奉行所の仕事始は一月十七日からである。詮議所では、年始の挨拶廻りや答礼もすんで、下役の同心たちが明後日《あさって》からの始業の仕度にかかっていた。

晋作は午前中、定町廻り方の春原繁太と臨時廻り方の権野重治を詮議所に呼んで、探索の進展状況を訊《たず》ねた。

春原と権野は、大河原と猪狩が牢屋敷囚人の縁者に差し入れを強要していた横領疑惑の線から、娑婆《しゃば》の縁者、出牢した者ら一人ひとり、および、両名が出入りしていた酒場、料理屋、岡場所、賭場《とば》などを正月返上であたり、恨みを買ったりもめ事を起こしていなかったかを洗いなおしていた。

腕利きという条件は考えず、探索の範囲を広げるように晋作は指示していた。

「人手が足りません。このままじゃあ埒《らち》があかねえ」

普段から愚痴っぽい春原がこぼした。

「下柳原の柴やまの女将《おかみ》と馬喰町の楊弓場のお美那とのつながりからは、不審な人物は浮かびませんか」

「前と同じで、どっちもあまりかかわりたくねえ様子が見え見えで、はかばかしくありません。殺されたほうの評判が悪いから用心してやがるんです。散々男にみつがしといて、つれないもんでさあ」

と権野が諦《あきら》め顔でこたえた。

「こっちもまだ進展なしです。とにかく、地道に今の調べを続け、どんな些細《ささい》な関係筋にもあたってください。どこかの網に必ず何かが引っかかってきます」

と言いつつ、焦りを覚えていた。

役目を拝命して十日目、探索は依然闇《やみ》の中だった。

晋作は自ら浅草向柳原の町会所に出向き、町会所の手代らの協力を得て、大河原と猪狩が町会所掛同心だった時期に遡《さかのぼ》って、当時、二人とかかわりのあった者らの事情を調べていた。

大河原と猪狩が町会所掛だった時期の監査にかかわった事案の中に、賊が残した《花嵐《はなあらし》》の書きおきの謎めいた意味を解く手がかりがあるかもしれないと考えたからだ。

晋作は、両名が監査に加わった七分金積立の低利融資先の商人《あきんど》、囲籾《かこいもみ》購入問屋、米、銭交付先の家主らを町会所に呼び出し、訊きとりもやった。

ここ数日は、奉行所の例繰方《れいくりかた》詰所で、十一年前の深川元町名主・逢坂屋孫四郎がかかわった七分金積立使途不明と囲籾の古米横流し疑惑の御仕置済帖《おしおきすみちょう》、御仕置伺《うかがい》帖などの見なおしにあたっていた。

当時、町会所掛を務めていた与力・佐藤典八、同心・大河原と猪狩が証言した、逢坂屋雇いの書役・深川南森下町の藤吉なる町民の疑惑を突き止めた経緯が記してある。

藤吉は、不正発覚に錯乱し、一家無理心中を謀って妻と両親を殺したうえ、自らは赤ん坊を抱いて小名木川に身を投げたことになっている。

死体は上がらなかったが、藤吉と赤ん坊は死んだと見なされた。

晋作の記憶の暗闇から、あの十一年前の後味の悪さが甦っていた。

こだわりすぎると真相を見誤りかねない。谷川の言ったとおりだ。十一年前のことなのだ。偶然が重なった。それだけだ。

と思う一方で、大河原と猪狩の斬殺と花嵐の言葉を結ぶ謎が、十一年前のあの疑惑に晋作の思いを引き寄せるのだった。

だが、物書役の文書に《花嵐》のような詩文めいた言葉は出てこない。

のみならず、両名が町会所掛を解かれてからすでに十年以上が経っており、それ以前の文書には不備な物もあったり亡くなった関係者もいて、謎を解く調べは遅々として進まなかった。

まちかたは、捕らえてみせると、鼻荒《はなあら》し
正月早々瓦版《かわらばん》にそんな川柳が出て、暮れの町方と牢屋同心の斬殺を《花嵐人斬り事情》と面白おかしく囃《はや》し、野次馬の刺激をあおった。

だが、一月も半ばになると瓦版はぷっつりと売り出されなくなった。気移りの激しい江戸町民の間で、一件は早くも忘れられつつあった。

文書調べと訊きとりなどで十日も無駄にすぎた。

手がかりなしか――

晋作は、一度、当時の二人の上役だった佐藤典八から話を訊きたいと考えることもあった。十一年前の町会所汚職疑惑以後、人足寄場定掛に役目替えになっていた佐藤とは奉行所内でもめったに顔を合わせない。

むろん、柚木が確たる理由もなく佐藤から話を訊くことなど許しはしないだろう。


午後、晋作は例繰方詰所に詰め、文書調べに費やした。

奉行所を出て帰途についたのは、普段の勤めと同じ夕刻の七ツだった。

相田と槍持ちを従え、呉服町の濠端の道をたどった。

小正月の夕暮れ、濠端の人通りは忙しなげだった。

曲輪《くるわ》の彼方《かなた》の西の空が赤く染まっていた。春が少しずつ深まっていた。

「旦那さま。お加減が勝れないのでございますか」

後ろから相田が声をかけた。

「なんでもない。ちょっと考え事をしていた」

「あまり根をおつめなさいますな。背中が丸うなっておりますぞ」

「そうだな。根をつめすぎると視野が狭うなる」

「奥さまやお子さまのことをお考えなされませ。気がはれましょう」

晋作は相田を顧みて微笑んだ。

「相田、おまえは花嵐という言葉からどんなことを思う」

「はなあらし？　ああ、お調べの一件でございますな。ふむ。俳諧《はいかい》、狂歌に出てきそうな言葉ですな。わが年も、四十でちょうど、暮れにけり。わたしは五十をとうにすぎておりますが」

「……？　それは誰の句だ」

「元文《げんぶん》のころの北華《ほっか》というひねくれ者の侍の句です。自らを堕落先生と号したそうです。こういうのもありますぞ。名ばかりや、月雪花《つきゆきはな》の、しぼり糟《かす》。おのれを捨てた達観した眼差しが、ちょっと悲しいですな」

晋作は濃紺に沈んだ濠の水面《みなも》に目をやった。

ふと、男の顔が浮かんだ。額から頬にかけて、惨《むご》たらしい斬り傷が走っている。あの男、羅宇屋の仁吉と言った。生まれ故郷は潮来だった。

菅笠の縁を上げて穏やかな目で晋作を見ていた。

仁吉という羅宇屋が、白輿屋《しらこしや》の万次から聞いた関八州の斬られ弥太郎と同じ男だったとしたら？　晋作は戯《たわむ》れに思った。

それがなんだ。そうだったとしても、この殺しには関係はない。

「それから……火燵《こたつ》へも、入らで痩せたる、小ねこかな」

相田が言った。


今暁《こんぎょう》の八ツ半刻（午前三時）。

表冠木門を激しく叩く音が晋作の眠りを覚ました。晋作と高江の寝間には、麟太郎と苑が二人の間でいとけない寝息をたてている。

晋作は静かに夜着《よぎ》から出て床の間の刀かけから刀をつかんだ。

門番の対応する声が聞こえた。庭を走る足音がざわめいた。

夜は冷えこんでいた。高江が行灯《あんどん》に灯を入れ、晋作に羽織を出した。

「心配ない。子らを見ていよ」

晋作は後ろから羽織をかける高江に、袖《そで》に手をとおしながら言った。

廊下を、つつつつつ……と寝間に近づいてくる足音がした。

襖《ふすま》の外で足音は畏《かしこ》まった。相田が言った。

「旦那さま、お目覚めでございますか」

「ふむ。何事だ」

「ただ今、定町廻り方・春原繁太さま雇いの手先の者が参り、深川元町名主・逢坂屋孫四郎が妾宅《しょうたく》で斬られた、との報せでございます」

「妾宅でか。場所はどこだ」

「本所外手町《ほんじょそとでちょう》は弁天小路《べんてんこうじ》」

「逢坂屋の様態は？」

「ひと太刀ですでに。ただし、遺体のそばに花嵐の書きおきが残されておりました由。春原さまが旦那さまのご指示を仰いでおられます」

「すぐ出かける。相田、供はおぬしひとりでよい。手先に案内せよと伝えよ」

「承知」

廊下を相田がさがっていく。高江が着物と袴《はかま》の用意をしていた。晋作の身拵えを手伝いながら言った。

「お父上にはお知らせいたしますか」

「朝になってからでよい。時間がかかる。戻りはいつになるかわからん」

はい――高江は寝間の畳に手をつき、晋作を送り出した。

晋作はひとりで玄関に出、式台に下りた。相田と使いの手先が畳提灯《たたみちょうちん》を提げて敷石に控えていた。二人の吐く息が青白い。遠くで半鐘が鳴っていた。

晋作は羽織袴に草履を踏みしめ、菅笠をかぶった。

二

南本所外手町は向両国御厩河岸《おうまやがし》の大川対岸、川岸通りにある。

弁天小路は町の東の横丁で、外手町から北本所荒井町《あらいちょう》に抜ける武家地ではあるが、困窮した武家が町民に屋敷地の一部を貸しつけ、武家らしくない裕福な町家が甍《いらか》をつらねていた。

横丁の途中に弁天堂の祠《ほこら》があり、隣合わせに板塀の囲う瀟洒《しょうしゃ》な平屋が逢坂屋の妾宅だった。

晋作ら三人は南茅場《かやば》町の鎧《よろい》の渡《わたし》の船頭を起こして舟に乗り、大川に出、大橋をくぐり漕《こ》ぎ上《のぼ》って御厩河岸の渡の大川対岸で舟を降りた。

七ツをすぎたところだった。

妾宅は部屋数三つに台所の板敷に土間がある。

裏庭に面した奥の八畳間に入ると、同心の春原と自身番の提灯を提げた四人の男が、大夜着の上にうつ伏せに横たわった逢坂屋の廻りを囲み、何やら小声で話しこんでいた。

「鼓さま、お待ちしておりました」

春原が晋作に一礼した。自身番の男らは晋作のために囲いを解き、左右から見やすいように遺体を提灯で照らした。土色の黒ずみを帯びた逢坂屋の横顔に生気の消えた目が空洞のように開いていた。

引き出し枕《まくら》のそばに寝酒をしたと思われる瓢箪《ひょうたん》徳利《とつくり》と猪口《ちょこ》が漆塗りの盆に載っていて、隣に煙草盆と銀煙管《ぎんギセル》があり、吸い口に女の紅がついていた。

部屋の隅の衣紋《えもん》かけに男物と女物の着物がかかっている。

乱れていないところを見ると、あっと言う間の出来事だったのだろう。

廊下を仕きる障子と廊下の雨戸が開いたままになっていて、部屋の明かりに薄く照らされた裏庭の梅の木が見えた。白い花が咲いている。

遺体のそばにかがんだ晋作の傍らに春原が並び、十手で逢坂屋の寝巻き代わりの綿の帷子《かたびら》に染みた赤い血の跡を差した。

「背後から首筋の下をぐさりと、ひと突きです。きっ先が抜けてご覧のとおり、蒲団のほうに血がたっぷりと染みこんでおります」

手足にもがいた痕跡があった。

帷子を剝《は》いで背中の乾いた血を懐紙でぬぐい、傷口を調べた。赤い綺麗な筋が、五十半ばの逢坂屋の染みだらけの背中に残っていた。うつ伏せの遺体を持ち上げ、胸の傷を見た。胸のほうは血糊《ちのり》が懐紙でぬぐいきれないほど粘りついていた。

「得物は脇差かそれ以上の長さの刀だな。心の臓を貫いている。もがいてはいるが、長くかからなかっただろう。それと刃が上に向いている。犯人は、刀をこう逆手に持って、後ろから心の臓を狙って刺した」

晋作は左手で仕種をして見せた。

「傷口が少し右にかしいでいる。たぶん、犯人は左手で得物を握っていた。春原さん見ろ。重ねが薄い。侍の使う大小ではないな」

晋作の説明を聞いて、自身番の男らがざわついた。料理刀だ……と晋作は小さく呟いた。遺体の瞼《まぶた》を閉じてやった。

「鼓さま、あれを」

春原が柱に出刃庖丁で刺し止めた切紙を十手で差した。提灯がかざされた。《花嵐》の掠《かす》れた筆文字が書かれていた。晋作は身を起こし、書きおきを見つめた。

「この出刃包丁は？」

「この家で使っていた庖丁だそうです」

晋作は裏庭に目を転じた。

「一味は裏庭から忍びこんで逢坂屋の寝こみを襲った模様です。板塀の向こうは稲生郷右衛門《いのうごうえもん》という小普請のご家人さんの敷地で、向こうの塀とこっちの塀の間に路地があります。そこに足跡が残っており、足跡から見て一味は三人。妾のお園《その》と住みこみのお房《ふさ》も三人ぐらいと言っております」

「ぐらいとは？」

「気がついたが暗くてよく見えなかったのと、すぐ目隠しに猿轡《さるぐつわ》を噛《か》まされて、後ろ手に縛られ、二人ともお房が普段寝起きしている納戸部屋に転がされた。そのときの襲ったやつらの交わした声や気配で三人ぐらいだと……」

「お園とお房だな。いまどこにいる」

「台所に待たしております」

「ふむ。あとで話を訊く。ところで殺しの発見者、自身番に届けたのは誰だ」

「あっしでごぜいやす」

外手町と記した提灯を持った半纏の初老の男が晋作に腰を折った。

「木戸番の吾平《ごへい》でごぜいやす。八ツになったで、決まりの火の用心の見廻りでこの家の前まできたら、どんどん音がするで声をかけたが返事がねえ。で、中へ入ってみやした。そしたら納戸でこの家の女子衆《おなご》が縛られて、猿轡嚙まされてごろごろしておりやした」

「怪しい者はいなかったんだな」

「へい。女子衆だけで。女子衆の縄を解いたら、奥に旦那がと言うだできてみたらこのありさまでごぜいやした」

「火の用心の見廻りのとき、横丁で誰か見かけなかったか」

「へい。あっしが見廻りをしている間は、人っこひとり通りやせんでした。とにかくそれで、急いで自身番に届けやした」

お園とお房は台所の板敷で肩を寄せ合い、震えていた。

「気の毒だが役目で調べねばならん。事情を聞かせてくれるか」

二人は晋作と春原を見較べて、晋作に頷《うなず》いた。

喋《しゃべ》り始めるとお園は涙声になり鼻をすすった。孫四郎がきたのは暮れの七ツすぎだった。お園は湯屋にいっていて、お房は酒の仕度にかかった。

孫四郎の指示で、お房は石原町の美濃屋《みのや》で菓子と料理の出前を頼み、白魚《しらうお》に海苔《のり》を和えた肴《さかな》を孫四郎に拵えた。

美濃屋から料理が届き、お園も帰ってきて二更《にこう》（午後十時前後）まで酒を呑んだ。お房も相伴《しょうばん》にあずかり、戸締まりをして灯りを消したのは九ツよりだいぶ前だった。

物音でお園が目覚めると、障子と雨戸が開いていて、裏庭から差す月明かりを背にして、一瞬人影が見えた。

冷たい夜風がぞっとする感じで、お園の乱れた肌着の胸元を撫でた。悲鳴をあげる間もなかった。目隠しに猿轡を噛まされた。後ろ手に縛りながら若い男が押し殺した声で言った。

「大人しくしてりゃあ命はとらねえ。立て」

お園はわかったと頷いた。お房の寝ている部屋にいくとき、

「……お釈迦《しゃか》様でもご存じあるめえ」

「ああ、お、おまえは……」

と別の男の低い唸《うな》り声と孫四郎の泣くような震え声が聞こえた。

「おまえは、と孫四郎は言ったんだな」

「はい。確かにそう聞こえやんした。それからわっちの両脇を二人抱えで、お房の寝てる納戸部屋につれていかれやした。ただ、もしかしたらひとりは女だったかもしれやせん」

「なぜ女だとわかる。目隠しされてたのだろう」

「ひそひそと男と女の話し声が聞こえたのと、白粉《おしろい》と紅の匂いがしいした」

お園が廓訛《くるわなまり》で言った。

下女のお房は下総船橋《しもうさふなばし》の農家の娘だった。そのお房も白粉の匂いは嗅《か》いだと証言した。九ツ、お房は寝つけなかった。奥でお園と孫四郎の戯れる声がなかなか止まなかったせいもあった。

「このへんをよく流してる蕎麦屋がきたら、こっそり抜け出して食いにいくべいと思いやしたが、今夜はこねえから、諦めて夜着を頭からかぶって無理やり寝やした。そしたらいつの間にか眠っちまって……」

「待て。よく流してる蕎麦屋とはどんな蕎麦屋だ」

「へい。若え兄と妹の夜鳴蕎麦屋で、風鈴鳴らして、夜、早いときもあれば遅いときもありやすが、去年の暮れごろから、このへんをときどき流しておりやす。あっしは、あられ蕎麦が好きで……」

「その蕎麦屋、兄は足を引きずっていなかったか」

晋作は身を乗り出した。

「へい。兄のほうは生まれつき足が悪いとかで、だから奉公口が見つからなくて夜鳴蕎麦屋をやってると聞きやした。妹には苦労をかけたと言っておりやしたから、あっしも可哀想になって、それは大変だねと慰めた覚えがありやす」

「夕べはその蕎麦屋はこなかったのだな」

「さあ。五ツごろ風鈴の音をきいたように思いやすが、夕べは旦那が見えたから蕎麦食ってる暇がなかったもので」

お房の言葉を遮り、勢いこんで訊いた。

「蕎麦屋の名前はわからぬか。住まいでもいいぞ。知ってることをなんでもいい教えてくれ」

「それだけでごぜいやす。ほかは聞いておりやせん。すまねえこって……」

晋作の勢いに戸惑ったお房が、おずおずとこたえた。

「これ、もっとよく思い出してみろ。何かあるだろう。見た目とか」

春原が鈍そうなお房の仕種に苛《いら》だち、もどかしげに言った。

と、そこへ表口の土間に控えていた相田が現れた。

「旦那さま、谷川さまが表に見えておられます。旦那さまにお伝えしたきことがあると申され、お待ちでございます」

「礼さんが？　ちょうどいい。春原さん、あとを頼む」


空が青い水を溶かしたように色を変え始めていた。夜明けが近い。鶏《とり》が刻の声を遠くで作った。横丁の突きあたりに武家屋敷の練塀が見え、傾いた月明かりがその練塀に二つの人影を映していた。

谷川はひとりではなかった。黒菱《くろびし》模様の裾端《すそは》折《しょ》りの着物に網笠の谷川の影に、竹の網代《あじろ》笠を目深にかぶり、よろけ縞《じま》の小袖と白足袋草履、肩に風呂敷包みをかけ、手に丸木の梓弓を携えた桂木が、ひっそりと、隠れるように佇《たたず》んでいた。

谷川は、網笠をとった。

「晋さんの予感が正しゅうございましたな。大河原、猪狩、逢坂屋……三人とも十一年前の町会所汚職疑惑にからんでおりました。残るは……」

「花嵐の書きおきが残されている。礼さん、手を下した者が花嵐にこめた狙いはなんだと思う」

「恨みと報復、でしょう。十一年前の男らへの。それから疑惑を闇に葬ったお上への……」

谷川の闇に葬ったという言葉と、悔恨が晋作の胸を刺した。

「逢坂屋を襲ったのは三人だ。ひとりはおそらく女だ。一味かどうかは不明だが、気になる夜鳴蕎麦屋がいる。この前、桂木に足が悪い若い兄と妹の夜鳴蕎麦屋の調べを頼んだが、あれはどうなった」

「そのことで、ちょいとおつき合い願えますか。わけは歩きながら……」

谷川は言い、晋作、桂木、後ろに従った相田を導いて大川岸の川岸通りを御厩河岸の渡に向かった。手拭を頬かぶりの船頭が川舟で待っていて、四人が舟に乗ると谷川が何も言わずとも大川に漕《こ》ぎ出した。

ほどなく、浅草寺の時の鐘が明け六ツを報せた。

川面《かわも》は白み始めた空を映し、川岸の葦《あし》の茂みでかわせみが飛び廻った。

舟は大川を下って浅草御蔵の建ち並ぶ一番堀から八番堀までをすぎ、御蔵の白壁を右に見ながら浅草の堀川に入り、鳥越橋の方に上り始めた。

四人は稲荷橋の手前で陸《おか》に上がった。天門屋敷の前から寿松院《じゆしょういん》門前町の辻を西に折れ、元鳥越町、そして鳥越明神に近い庄三長屋入口木戸の見える小路への曲がり角に立った。

朝の早い職人が道具箱を抱えて横丁に佇む四人の傍らを通りすぎていく。

「あの奥の長屋がそうです。出入り口はこの小路だけです」

と桂木がきれ長の目を投げた。晋作は頷いた。

「夜の仕事ですから、今ごろは二人とも休んでいるでしょう」

「晋さん、どうなさいます？」

谷川が聞いた。今すぐにでも二人を問いつめたいが焦りは禁物だ。

「みんな、明神様へお参りにいこう」

晋作は誰の返事も待たず、先に歩き始めた。

明神鳥居前のどの店も開く刻限ではなかった。一軒の水茶屋の亭主が白い息を吐きながら、板戸を開け、参詣客を迎える仕度にかかっていた。晋作はその水茶屋にずかずかと入った。

「ご亭主、早朝にすまぬが少し場所を貸してもらいたい」

は？　と唖然《あぜん》としている亭主に谷川が懐から十手をのぞかせた。

「御用の筋だ。隅でいい。近所には内密に頼みてえ」

「さようでございますか。それではお二階へどうぞお上がりください。二階はほとんど使いませんので、早朝からのお客さまに気遣いもございません」

「ご亭主、もうひとつすまぬが、湯が沸いたら茶をもらえるか。それだけでよい。あとは何もいらん」

「はいはい。承知いたしました。まだ火が入っておりませんので少々お時間をいただきますが、湯が沸き次第お持ちいたします。どうぞ、ごゆるりと」

二階の部屋は通りに面して弁柄《べんがら》格子の窓があり、そこから庄三長屋に入る小路の曲がり角が見えた。

「これは都合がいい。小路を出入りする者はここから確認できる」

晋作は格子窓の障子を五寸ばかり開け、鳥居前の通りを見おろして言った。

「隠密にここをしばらく借りて、見張り場所にいたしましょうか」

「そうだな。できればもう一カ所、小路の向こう側にも見張り場所がほしい」

「探してみましょう」

「とにかく、怪しいというだけで、今はまだ確かなことは何もない。二人の見張りは怠らず、しばらく様子を見よう。動かぬ証拠を見つけるのだ。奉行所からも応援を出す。手配は……」

桂木が風鈴蕎麦の屋台を流す若い兄妹の噂を神田日本橋界隈《かいわい》に訊ねた経緯を、晋作は大川、堀川をたどる舟の中で聞いた。

兄妹で営む商いであることや、兄の足の具合が悪い外見が目だち、三日が経った夜、外神田の山くじら（イノシシの肉）屋の女房の祟《たた》りを払った折り、桂木は亭主に、

「花川戸にある口入屋の大五郎親分に訊いてみな。ちょっと余分に金を包めば、たいていのやつなら暮らしのあてを世話してくれるって、ここらへんじゃあ言われてるから」

と教えられた。

果たして、花川戸の大五郎はあの兄妹が夜鳴蕎麦の屋台を営む口利きをしており、桂木は兄妹の素性を聞きだすことができた。

兄妹の兄の名は小六、妹はお菊。年は小六は今年二十になり、妹のお菊は十八の春を迎える。生まれは、常州の手賀村という霞ヶ浦の小さな半農半漁の村で、故郷の親兄弟の様子まではわからない。

江戸に出てきたのは去年の夏の終わりだった。住まいは浅草元鳥越町の庄三長屋。秋から兄妹で風鈴蕎麦の屋台を始め、夜な夜な小商いに励んで今にいたっている。二人の近所の評判は悪くなかった。

ただ二人は兄妹ではなく、駆け落ち者の夫婦《めおと》ではないかと噂された。人がいないと小六さんお菊さんと互いを呼び、兄妹らしくなかったからだ。

桂木は、二人が屋台を流す場所が去年の冬は小伝馬町から馬喰町界隈だったのが、年が明けると場所を変えて、向両国の本所、深川でよく見かけられるようになっていたことを探り出していた。

「大河原と猪狩が去年暮れに斬られ、しかもそのあと、晋さんの疑念を聞かされ頭に残っていたせいでしょうか、兄妹が稼ぎ場所を本所、深川あたりに変えたらしいと桂木から聞いたとき、深川といえば、元町に逢坂屋孫四郎がいたなと、気にはしていたんですが……」

と谷川は桂木の言葉を補うように言った。

「大五郎が妙なことを言っておりました。足が悪いといっても兄の小六に奉公口がなかったわけではありませんでした。二人がどうしても行商がいい、できれば夜鳴蕎麦の屋台がいいと、無理やり頼んで大五郎に手を廻してもらったそうです。

それともうひとつ」

　桂木は、妖しげなきれ長の目を虚空に漂わせた。

「兄妹には江戸に知り合いがいるようなのでございます。ごくまれに、二人を訪ねてくる羅宇屋がおりました。庄三長屋の見かけた者によれば、背の高い痩せた物憂げな様子の男だったそうでございます。兄にしては年が離れすぎており、親にしては若すぎ、年格好から昔世話になった職人の兄弟子のようにも見えたと、住人は申しておりました。羅宇屋は菅笠を目深にかぶっており、顔は見えなかったそうでございます。けれど、眉間《みけん》から頬にかけて、ひと筋の傷跡があったと」

「仁吉だ」

　晋作はうめいた。あの男に間違いない。晋作の呟きに谷川がこたえた。

「ですが、晋さんが聞いた本所吉田町の長太郎長屋に仁吉という羅宇屋は住んでおりませんでした」

　以前住んでいたが引き払って今はいないのではなく、長太郎長屋の家主も住人も、そもそも仁吉という男を知らなかった。

　ただ、眉間から頬にかけて斬り傷があり、年のころは三十代か四十代、生まれと育ちは潮来、そんな羅宇屋の行商を谷川は訊ねた。

すると、横川法恩寺橋《よこかわほうおんじ》西詰から川堤を下りた橋下に四、五軒の乞食小屋が並んでいて、そのひとつに顔に傷のある羅宇屋が去年のいつごろからか住みついていた、という話が聞けた。

年も生まれもわからないが、顔に傷のあるその羅宇屋は滅法腕っ節が強いというので評判の男だった。

横川界隈の夜鷹《よたか》を差配している地廻り連中数人を素手で半死半生の目に遭わせたという武勇伝が、男には残っていた。

ただ男は根っからの風来坊らしく、去年の大晦日《おおみそか》には法恩寺橋下の乞食小屋から忽然《こつぜん》と姿を消し、今はどこへ消えたやら、知る者はいなかった。

「行方《ゆくえ》は知れぬのか」

「探らせてはいますが、今もって雲をつかむような按配《あんばい》です」

今暁八ツ、本所弁天小路の妾宅で逢坂屋孫四郎斬殺の報せを受けた谷川は、仁吉の行方がわからないうちに逢坂屋が殺されたことに衝撃を受けた。

「気になっていたことが先に起こってしまいました。うかつでした」

谷川は、桂木に小六お菊の兄妹が元鳥越の庄三長屋にいるかどうか、念のため調べにいかせ、本所の御厩河岸の渡場で落ち合うことにした。

その間、自らは向両国の石原町から、外手町、北本町、番場町と、一帯の自身番、辻番の訊きこみをした。夕べから九ツごろにかけ、夜鳴蕎麦の風鈴の音を聞かなかったかとである。

「五ツから四ツの間に、弁天小路の界隈で風鈴の音を聞いた自身番の定番が複数おり、みな、ここのところ界隈をよく流している足の悪い兄と妹の夜鳴蕎麦屋だな、少し刻限が早いなと思ったと言っておりました。桂木の調べと合わせると間違いなく、大河原、猪狩、そして昨夜の逢坂屋、三つの現場近くを兄妹の夜鳴蕎麦屋が流していたことになります。晋さんの懸念どおりでした」

動かぬ証拠はひとつとしてなかった。

けれども晋作は、小六お菊の兄妹、そして羅宇屋の顔に傷のある仁吉という男に思いが集まっていくのをひしひしと覚えた。

この覚えだけが手がかりだった。おのれの覚えを信じ、閉ざされた十一年前の闇を払わなければならないと信じ、進むしかなかった。

晋作は弁柄格子の窓越しに、庄三長屋の小路の出入り口を見守りながら、ぽつりと言った。

「十一年前なら、二人はまだ子供だったはずだ……花嵐は、小六とお菊にどんな意味があるんだろう」

「小六とお菊は、仁吉に金で雇われたのかもしれません。夜鳴蕎麦を装って、殺したい相手の様子を探らせるために」

晋作は相田に目を転じた。

「二人の夜鳴蕎麦を一度食ったが、美味《うま》かった。相田、覚えてるか。千代田稲荷の近くで、牢屋敷の帰りに食ったろう」

「覚えておりますとも。美味《おいしゅ》うございました」

「相田はどう思う。あの兄と妹はこの殺しの一味だと思うか」

「さあ、難しゅうございますな。人の心を計るのは、ひと筋縄ではいきません。若かろうが老いていようが、心は複雑によじれておりますのでな」

晋作は窓の外に眼差しをかえした。そして、

「礼さん、手賀村へいってくれないか。小六とお菊が花嵐とかかわりを持ったわけが手賀村にいけばわかるかもしれん。それを探ってきてほしい」

と、近所に使いを頼むような語調で言った。

「お任せください」

晋作の背中で谷川が即座に答えた。

三

晋作と相田は柳橋から船宿の猪牙舟《ちょきぶね》を頼んだ。

柳橋の料亭は朝の四ツからもう客を迎え、酒宴が始まっている。箱屋を従えた柳橋の芸者が、神田川にかかる柳橋を渡っていく。

川面は肌寒いが美しい朝だった。

猪牙舟は日の降りそそぐ大川にすべり出てくだっていく。船頭の繰る櫓《ろ》の音がうっとりと心地よい。

晋作は現《うつつ》の中で、儚《はかな》い夢を見た。

……昔、男がまだ子供だったころ、母に手を引かれ、桜が嵐のように降る道を歩いた。子供は、そのあまりの花の嵐に、恐いと思った。

小さな波が船端を打っていた。

不気味な夢だった。現実にはあり得ない花の嵐だった。

不意に若き日のある残像が、晋作の頭にもたげた。

ああ、と晋作は息を吐いた。

「そうか。相田、花嵐は俳諧に出そうな言葉と言ったな」

しかし相田は、猪牙のゆれに身を任せ、こくりこくりと舟を漕いでいた……


鼓家の屋敷には内風呂があった。普段は早朝、湯屋にいくが、とき折り、内風呂を使った。高江が晋作のために湯を沸かしていた。

「湯が沸いております」

「ああ……その前に少し調べたいことがある」

晋作は羽織袴を脱ぎ、高江に言った。

納戸部屋にいき、衣類器物などと一緒に仕舞った埃《ほこり》をかぶった葛籠《つづら》をとり出した。中に古い書物や双紙、十代のころから気が向いたときに書きつづった雑感やもらった手紙、飛び飛びに書いた日記の帳面がつまっていた。

四年前、高江と婚儀を結ぶ話がきまったとき、居室の棚や床の間に積んでいたそれらを整理し、納戸に仕舞ったものだ。

四歳の苑が納戸部屋に顔をのぞかせた。晋作のそばにきてちょこんと座った。不思議そうに晋作の作業を見守っている。

晋作が畳に古びた日記をおいた。苑はそれを手にとり、

「お父さま、なんでございますか」

と母親の高江に似た口調で言った。晋作は目あての帳面を探しながらこたえた。

「それはな、日記だ」

「にっきって、なんでございますか」

「日記とは、朝起きてから寝るまでの間に、食べた物や人と遊んで楽しかったことや、お話をしたことや、見たことや聞いたこと、思ったことなどを文字に表わして、自分のためにとっておくものだ」

「もじ？」

「そこにいっぱい書いてあるのが文字だ。苑は昨日は何をした？」

「きのうはね、うんとね、お母さまとさくらがゆをいただきました。それからりんたろうの、こもりをいたしました。それからね、おかよとかめしま川へいっておさかなを見ました」

「そうか。楽しかったか。日記とは、そういう楽しかったことを書くのだ。苑はまだ文字を知らぬから絵で表してもよいぞ」

「えんは、いろはをしっていますよ。おばあさまにおしえていただきました。おしえてあげましょうか。いろはにほへとちりぬるをわかよたれそ……」

苑が早口でいろはを言った。

晋作は一冊の帳面を手にとった。文化五年の日記だった。これだ。晋作はもどかしい気持ちで帳面を繰った。三月の日を追った。

谷川と二人で解明を進めた町会所七分金積立の使途不明疑惑の調べの進捗《しんちょく》状況を記している。胸の鼓動が聞こえた。焦る気持ちを抑えた。

三月二十七日……と晋作は呟いた。

いろはを言い終えた苑が、晋作を見上げていた。


本日夕刻、お奉行さま用人・久米信孝さまより谷川礼介ともどもお呼び出し。町会所七分金積立の使途不明疑惑の詮議、本日をもって終了のお達し。名主・逢坂屋孫四郎書役・藤吉ひとりの罪と断ぜざるを得ずと。あり得ぬ。無念至極に候《そうろう》。

夜、さの屋にて谷川礼介と痛飲。父の小言、五月蝿《うるさ》し。

江戸桜　散りぬるをわか　花の嵐《らん》……


十一年前のあの日の夜更け、酔いに任せてこの一文を書きつづったことを晋作は昨日のことのように思い出した。

最後の句を詮議終了の無念をこめて、戯れにひねった。

春たけなわのころに起こった不正容疑の、一家無理心中まで謀った書役・藤吉という男の錯乱を、折りしも江戸桜が舞い散る《春の嵐《あらし》》になぞらえた。

これだ。声に出した。晋作の中で燻《くすぶ》っていたわだかまりが溶け始めた。

男が《花嵐》にこめた無念が伝わってきた。晋作はぞくぞくするほどの共感を覚えた。

おのれの無念をはらすために、大河原と猪狩と逢坂屋を斬った男がいる。

大河原と猪狩、逢坂屋の亡骸《なきがら》の傍らから歩み去っていく黒い影が見えた。

《花嵐》が次の者を暗示した申渡《もうしわたし》なら、次は佐藤典八に違いなかった……確信が晋作の胸の中で渦巻いた。

黒い影がふり向いた。仁吉の残像が嵐のように舞い散る花の向こうに見えた。

あの日、穏やかな悲しみを帯びた眼差し……

おまえに、直《じき》、会いにいく。

「お父さま、お父さま……」

苑の呼び声が晋作の思いを破った。晋作は苑を抱き、膝に乗せた。

「苑、そなたのお陰だ。父に今一度いろはを聞かせてくれぬか」

「はい。いろはにほへとちりぬるをわかよたれそつねならむ……」

苑が晋作の膝の上で、いろはを早口に繰りかえした。


本所如意輪寺《にょいりんじ》門前の南隣の太子堂前から、東南に通じている細い道がある。そこは吾妻《あづま》橋と業平《なりひら》橋の中間あたりの中ノ郷元町一帯で、すぐ近くの町屋の住人もめったに通らない細い道をいくと、《乞食藪《やぶ》》と町内の住人の言う藪が繁り、藪の奥に、その名のとおり乞食小屋が肩を寄せ合い固まっていた。

また五日、六日とすぎ、一月二十一日になった。昼だった。

周辺に人影は見えず、どの小屋も静まりかえった中のひとつに、日に焼けた顔に傷のある大柄な男と、若い男と女が、地面に直に敷いた粗莚《あらむしろ》に座っていた。

小屋の垂れ筵を廻らせた片隅に、羅宇屋の行商の道具がおいてある。

三人の間に、一升徳利、三つの茶碗、漆塗りの黒い丸い盆、盆に乗った南京落雁《なんきんらくがん》と羊羹《ようかん》、縁の欠けた七輪《しちりん》がおいてある。

七輪には炭火がおこり、傷の男が火箸《ひばし》に挟んだ干鰈《ほしがれい》を炙《あぶ》っていて、香ばしい匂いが粗末な小屋を暖めていた。

男は炙った干鰈を節《ふし》くれだった指で器用に裂き、盆の落雁や羊羹の隣にふわふわと積んだ。

「こんなものしかねえがな、さあ食え。この落雁は南鍋町のあますや清五郎の店で買った菓子だ。この羊羹は横山町のとらやのだ。昔、親父が土産《みやげ》に買ってきてくれて、それから味が忘れられなくってな。おめえたちにも食わしてやろうと昨日買ってきたんだ。意外に思うかもしれねえが、甘味は酒の肴にも合うんだ」

男は激しい傷跡が醸《かも》す不気味さとは裏腹に、慈愛に満ちた眼差しを若い二人に向けていた。若い男女の顔にも、男の庇護《ひご》の下にいて緊張がほぐれているのか、ほのかに朱が差していた。

「おめえたちがいてくれたお陰でどれほど助けられたか、礼を言うぜ」

男は二人の茶碗に酒を注ぎ足した。

「水臭せえ。おれもお菊さんも、そうしたくてやってるんだ。兄《あに》さんに礼なんて言われちゃあ照れ臭せえや。なあお菊さん」

「そうさ。あたしは江戸にきてから、自分が生きてるって初めて感じた。あたしはあたしなんだって、そう思うと嬉《うれ》しくって」

二人は目を輝かせていた。

男は微笑んだ。その微笑とは裏腹に、若く純情な二人をおのれの復讐《ふくしゅう》のために罪深い定めを背負わせたことが男はつらかった。

自分はいい。し残したことを果たすためだけに生きている身だった。だがこの二人は違う。長い明日がある。

「で、次の段どりはどんなふうに」

と若い男が羊羹を頬張って言った。

「次はこれまでの三人とは別格だ。必ず供侍がついてるだろう。これまでの三人で気づいているだろうから、用心もしているはずだ。そこに一撃だ」

「花の嵐が吹き荒れて、お上にもひと泡吹かせてやれるんですね」

女が言った。男はまた微笑んだ。

「今度の相手は夜鳴蕎麦で調べるのは難しい。おれがやるからしばらく大人しくしてるんだ。そうだな、ひと月かせいぜいひと月半、のんびりとおれの知らせを待つんだ。それから……」

男は羅宇屋の仕事道具の中から手拭で包んだ小さな荷物を二つとり出した。

「小六、おめえ舟を繰れるか」

「いやだな、弥太郎さん。おれは霞ヶ浦で産湯《うぶゆ》を使った男だっぺ。舟のことならおれに任せてくれよ」

「うむ。心強え。今度はいくのも引き上げるのも舟を使う。この金で怪しまれねえように舟の手配をつけといてくれ」

男は包みのひとつを小六の前におき、さらにもうひとつを隣に並べた。包みの中でずっしりとした音を、金貨銀貨がたてた。

「これは始末がついたあとのおめえらの路銀だ。二人で分けてもいいし、一緒に使ってもいい。怪しい金じゃねえ。関八州で身体張って稼いだ金だから、安心して使ってくれ」

「そんな大事な金、預かれねえよ。だいいち兄さんはどうすんだよ。おれはどこまでも兄さんと一緒だぜ」

「あたしも弥太郎さんについていく」

「いいか。万が一、おれに何かがあったとき、おめえらにこの金は必要なんだ。うまくことが運んだ場合でも、おれとおめえら二人と、二手に分かれて逃げる。ほとぼりが冷めるまで、おれたちは会わねえ。会ってもいいときがきたらおれのほうからおめえらを探し出す」

小六とお菊は、沈んだ顔になった。

弥太郎は、もう十分だ、おめえらはこの金を持って、今すぐに江戸を離れてくれ、と願った。

けれど、二人はいきはしないだろう。弥太郎は愛《いと》しんで二人を見つめた。

「お菊は野州の生まれだったな。野州のどこかの町で蕎麦屋を開くのはどうだい。小六の蕎麦は美味かったぜ。小六は渡世人より料理人のほうが向いてるかもしれねえぜ。ほとぼりが冷めたら、おれがおめえらの蕎麦屋へ転がりこんで厄介にならしてもらうよ」

「そんなこと……」

小六は呟いた。

と、お菊が表情を変えて弥太郎を見上げ、別のことを言った。

「弥太郎さん。ここ二、三日、見慣れない連中が庄三長屋の界隈をうろついてるんです。もしかして、あの連中、あたしらのことを見張ってるお上の手先かもしれない」

「そうか。もしそうだとすれば、金さえ積めばなんでもやる花川戸の大五郎のほうからもれた見こみがあるな。存外、早いな」

「この前、読売の男から聞いたんだけど、北の番所の吟味方にきれ者がいて、その吟味方が探索の指揮をとってるって」

北の番所、吟味方のきれ者——ああ、あの鼓晋作か。

涼しげに真っ直ぐ前を見ていた顔がありありと浮かんだ。

弥太郎は二人を交互に見て、二度三度頷いた。

「だとしても、おめえらは大丈夫だ。おれとおめえらを結ぶ筋は見つかりっこねえ。おれたちを結ぶのは心だ。心は見えねえ。見えねえものに手出しはできねえんだ。腐れ役人におれたちを結ぶ心の筋がたどれるわけはねえ。おめえたちは普段どおり、鷹揚《おうよう》にかまえてりゃあそれで十分だ」

小六がお菊に顔を向け、

「ほらな、おれもそう言ったろう？」

と明るい口調に戻った。お菊は、うん、と頷いた。

「とは言え、庄三長屋は引き払うか。用心に越したことはねえ」

弥太郎が言った。

第五章　常州夢枕

一

　そのころ、常州霞ヶ浦の手賀村から一里近く、まだ春は名のみの冷たい風に波だつ広大な霞ヶ浦を右手に眺めてたどる往還を、二人の旅姿の男が南に急いでいた。道をはずれた水辺に枯れ薄《すすき》の草原がそよぎ、浦千鳥の影が彼方《かなた》の水上に群れていた。道の反対側には、広々と開けた野面《のもせ》に稲作前の田畑や水郷が果てしなく広がっていた。

　道はほどなく島波村で、それから麻生、牛堀、潮来へと続いている。

　前の男は紺の巻合羽に三度笠、脇差一本、後ろの男はずっと小柄で、縞《しま》の巻合羽に菅笠と道中差の拵《こしら》えである。

　二人の男の薄汚れた黒の脚絆《きやはん》に黒足袋《くろた》草鞋《びわらじ》が、急ぎ旅を物語っていた。

東の空のお天道さまが雲の間から顔を出したり隠れたりしながら、だいぶ高くのぼっていた。前の男が急ぎ足のまま三度笠の縁を上げ、雲間にのぞく日差しを何気なく仰いだ。

男は江戸は北町奉行所隠密廻り方同心・谷川礼介。後ろの男は、菅笠の下で才槌頭《さいづちあたま》をふっているむっつりとした白輿屋《しらこしや》の万次だった。

北町奉行所人足寄場定掛与力・佐藤典八の組屋敷は、八丁堀南茅場町山王日枝神社東隣にかまえている。

八丁堀同心の組屋敷地は約百坪だが、与力は三百坪の二百石どりである。手入れのいき届いた広い庭に小さな池が掘られ、庭の隅に冬をくぐり抜けた椿の低い木が枝を張っている。

佐藤は、最近、御番所内でちょっとした評判になっていた。評判といっても、半《なか》ば好奇心と半ば陰で推測を廻《めぐ》らす噂話のねたになった程度にすぎなかったが、すでに五十半ば近い日ごろ目だたない佐藤には珍しいことだった。

評判になったのは馬である。

新年始業の日から、呉服橋の奉行所と南茅場町の組屋敷のいき帰りや人足寄場の見廻りなどに、栗毛《くりげ》の痩《や》せ馬を使い始めたからだった。

しかも二十年以上仕える家人の供侍と槍持ち挟箱担ぎの中間《ちゅうげん》のほかに、腕のたちそうな侍を二人新たに雇い入れ、従えるようになっていた。

文政の世の町方与力に、二百数十年前の戦国時代の寄騎《よりき》の面影はない。与力が馬に乗って出かける習慣はとうに廃《すた》れていた。

とは言え、身分の体面を保つうえでどの与力の組屋敷でも馬を飼っている。いざ戦《いくさ》となると、与力は馬に跨《またが》り同心を従え江戸防衛のために駆け巡るのが建前である。

晋作の屋敷にも葦毛《あしげ》の馬がいる。晋作は休みの日になると、八丁堀の馬場でその葦毛を駆ってひと汗かいた。馬のいななきや地を蹴《け》る逞《たくま》しい躍動が、遠い昔の武士の血を沸きたたせ、なんとも清々《すがすが》しいのだ。

だが、のっぺりと長く顎の張った顔に厚い唇を不機嫌そうにへの字に曲げ、背中を丸めて馬に跨る佐藤の姿に、戦国武士の雄々《おお》しさは微塵《みじん》もなかった。

「佐藤さまが馬を使うのは、いき帰りの用心のためらしいぞ」

「なんのための用心だ」

「それよ。れいの花嵐の一件のあれだ」

「れいのあれ？　あれの一件で用心ってか？」

「そうさ。賊の次の狙《ねら》いは佐藤さまだと」

「まさか。そんなこと誰が言ってた」

「あちこちで聞いたよ。それが証拠に供侍を二人も雇い入れたではないか」

噂が同心や中間小者らの間で、まことしやかにささやかれた。だが噂の出どころや、なぜ佐藤が賊に狙われているかまではわからなかった。

一月十五日深夜、逢坂屋孫四郎が花嵐の書きおきを残した賊に殺害されてから、瓦版は物盗り夜盗の類ではなく《鬼か蛇《じゃ》か、花嵐恨《うら》みの刃》とあおりたて、続報を次々に出し、江戸市中の話題をさらっていた。

八丁堀同心、牢屋同心、町名主、いずれもお上の役人である。次はもっと身分の高いお侍が狙われている、と書いた読売もあった。

一月二十二日、逢坂屋の初七日の法要が行なわれた翌日の昼すぎ、継裃《つぎかみしも》の晋作は佐藤の屋敷の庭に面した座敷に通された。

その日は佐藤の勤めが休みであった。晋作は柚木の許しを得て、奉行所からきた。だが、半ば内密の訪問であった。御番所で佐藤に話すことがはばかられた。だから佐藤の休みの日をわざわざ選んだ。

縁側の腰障子が開けてあり、広い庭の燈籠《とうろう》や手水鉢《ちょうずばち》で雀《すずめ》が鳴いていた。

女中が茶菓と煙草盆を出し、ほどなく佐藤が羽織袴《はかま》に身なりを整え現れた。

佐藤は晋作の突然の訪問に「意外な」という表情を隠さなかった。

ぬうぼうとした背を左にややかしげるように小股《こまた》に歩み、床の間のある上座に座った。

床の間に並んだ違い棚に水仙の花が甕《かめ》に活《い》けてあった。

「……吟味方の鼓どのがお見えとは、お珍しい」

佐藤はへの字に曲げた唇をわずかに開き、顔を歪めた。

「お休み中にお邪魔いたし、ご容赦をお願いいたします」

晋作は礼をしたまま言い、ゆっくり頭を上げた。

「堅苦しい挨拶は無用です。ご用でこられたのであろう。でなければ吟味方の鼓どのが拙宅《せったく》へわざわざ見えられる理由など、ありませんからな」

「畏《おそ》れ入ります」

「用件を申されよ」

佐藤は顔を皮肉に歪めたまま促した。

十一年前の佐藤の姿が甦った。町会所七分金積立の不正使用の疑いのかかった逢坂屋の書役・藤吉が錯乱して一家無理心中を謀った。藤吉は乳呑児《ちのみご》を抱いて小名木川に身を投げた。その翌日だった。

小名木川で藤吉捜索の最中《さなか》、御番所用部屋において、奉行・小田切土佐守の前で評定が行なわれた。

あの日佐藤は柚木と厳しいやりとりを交わしていた。

二十二歳だった青二才の晋作など歯牙《しが》にもかけない迫力が、当時の佐藤の表情仕種に漲《みなぎ》り、あふれていた。十一年の歳月がそれを削《そ》ぎとっていた。今は皮肉を囲った頑迷な五十男が晋作の前にいた。

「花嵐の意味をうかがいに参りました」

晋作は一連の殺しには何も触れないまま、短く、外連《けれん》なく言った。

佐藤は唇を閉じ、硬直した表情を晋作に向けた。

「わたしに、なぜわかる」

「花嵐は佐藤さまに向けられた言葉です。賊の次の狙いは佐藤さまだからです」

「ふふん……吟味方が、下役らの埒《らち》もない噂を真《ま》に受けて見えられたか」

「暮れの大河原さん、猪狩さん、先だっての逢坂屋が相次いで斬られました。次は佐藤さまです。そうではありませんか」

「何をよりどころに言われる。心外な」

「ご無礼はご容赦ください。ですが事は、体面をとりつくろっているときをすぎております。相手は鬼のごとき意図を持って狙いを果たそうとしております。相手が鬼ではなく、ただの人であることを見据える必要があるのです。十一年前にそうしておくべきだった」

佐藤は鼻先で皮肉に笑い、不快感を無理に隠した。

「……今さら、遠い昔の汚職疑惑の一件を蒸しかえすおつもりか」

「十一年前の町会所七分金積立使途不明の嫌疑を再び蒸しかえすつもりならば、こちらではなく、詮議所で話をうかがいます。事ここにいたっては、彼《か》の者を捕らえるために佐藤さまの協力を仰がなくてはならないのです。それは、花嵐の意味をご存じの佐藤さまが一番よくおわかりのはずです」

佐藤は晋作から庭に目をそらした。春の初めの薄日が差していた。

沈黙が続いた。佐藤は厚い唇を皮肉に歪めていた。

「鼓どのはいい。若いその年で吟味方のきれ者の評判が高く、真っ直ぐで、みなから一目おかれて……わたしには倅《せがれ》が二人おりましたが、五年前、家督を継ぐ長男を病気で亡くしましてな。それで、次男を与力の職に継がせることにし申した。

じつは次男は妾妻《しょうさい》の子でしてな。だが、妾妻の子でも与力になってもらわなければ困る。一代抱えの軽輩の悲しいところでござる。で、次男を見習に上げた。ところがこれができが悪い。情けないくらいに悪い。それでも侍の血を引いておるのかと言いたくなる」

晋作は黙っていた。佐藤は自嘲《じちょう》するように言った。

「腐れ役人が、何が侍の血だとお思いか？　だがな鼓どの、あんたにどう思われようとわたしはまだ安心して隠居できないのだ。斬られるわけにもだ……」

佐藤は立ち上がり、縁側の腰障子を閉めた。

「あの町会所の一件のあと、わたしと大河原、猪狩は役目替えになった。酒を呑んだ折り、鼓の小童《こわっぱ》の差し金だと、みなであんたを罵倒《ばとう》した。大河原は鼓を始末するとまで息巻いておった」

佐藤は元の場所に座り、続けた。

「だが、そんなことができるわけがない。わたしらは、自らの保身と欲に汲々《きゅうきゅう》としておった。せっかく詮議の追及から逃れたというのに、そんなことができるわけがない……」

佐藤は煙草盆を引き寄せ、長煙管《キセル》を手にとった。刻み煙草《たばこ》を煙管につめ、物思わしげに煙を吹かした。そして吐月峯《とげっぽう》に灰を落とした。

「鼓どの、約束してくれますか」

十一年前の詮議を蒸しかえさないということだと、すぐにわかった。

「わたしに言えるのは、今のわたしに課せられた役目を、全身全霊で果たすのみということ、ただそれだけです」

晋作は言った。佐藤は躊躇《ためら》っていた。

長い沈黙のあと、言葉を探しながら、佐藤はぼそりぼそりと語った。

「昔、男がいた。仲間と組んで公金に手をつけた。何年にもわたってな。ある年の春の花が咲くころ、それが発覚しそうになった。男と仲間らは震え上がった。発覚すれば役目を解かれるどころか腹をきらねばならん。何も知らん書役に罪をかぶせた。不正の追及を恐れた書役が、一家無理心中を謀り、そこに駆けつけた男と仲間らが、書役を斬り捨てるという筋書きだった」

晋作は背中が汗ばんでくるのがわかった。

「そうするしか道はなかった……あのとき、何も知らん書役に男は言った。花が嵐のように咲き乱れる季節に心乱《こころみだ》したおまえの所業だと。男と仲間らは、書役を斬った。だが書役はその場では死ななかった。傷を負いながらも逃げ、川に身を投げた。書役の死体は上がらなかった。だが男は、書役は死んだと思っていた。不正の罪を一身にかぶってな」

佐藤はうな垂れ、歯止めが利かなくなったように話し続けた。

「十一年がすぎた。ある日、男の仲間のひとりが斬られた。花嵐の書きおきが残されていた。男は初め、その意味がわからなかった。二人目、三人目の仲間が斬られ、男は十一年前の仲間が次々と斬られていることを悟った。それで書きおきの意味がやっとわかった。幽霊の仕業ではない。書役は死ななかったのだ。十一年が経って書役は帰ってきた。花が嵐のように咲き乱れる季節に心乱した書役が、復讐を果たすために。花嵐とは、そういう意味だ。それは男が書役に投げた言葉だった。あのとき、戯れのように……」

佐藤は深く息を吸った。それから言った。

「藤吉。深川南森下町の古着屋の倅・藤吉だ。藤吉を見きわめるのは、難しくないと思う。顔に斬り傷が残っているだろう。あの夜、大河原が斬った。あの血だらけの顔は忘れられない」

驚きでも怒りでもなく身の毛のよだつ不気味さに、晋作は沈黙をしいられた。

あまりの愚かさ、身勝手さに、突然、悲しみが押し寄せた。

「それでは男は……」

と晋作は言葉を搾《しぼ》り出した。

「身の保身を謀ったがために、藤吉の両親、女房お登茂を台所の料理刀で殺害し、藤吉が一家無理心中を謀ったように見せかけた。罪なき者らをおのれの欲のために、虫けらのように殺したのですね」

佐藤がはっと顔をもたげた。顔色が見る見る蒼白《そうはく》に変わった。煙管を咥《くわ》え火入れで火をつけようとしたが、手が震えて煙管が煙草盆にかたかたとあたった。

「花嵐に斬られた死体の傷が料理刀のような繊細な斬り痕《あと》でした。その理由がわかりました。まさにそれは、料理刀でなければならなかった。両親と女房を殺《あや》めた凶器が料理刀だったからだ。これは藤吉の敵討ち、なのですね」

「し、知らん。そんなことは知らん」

佐藤は立ち上がった。この十一年、何があっても絶対に口にしてはならないことを話してしまったという動揺が、ありありと見えた。厚い唇が死人《しびと》のそれのように血の気を失い、小刻みに震え始めた。

「帰ってくれ。今話したことはすべて戯言《ざれごと》だ。わたしの妄想だ。帰ってくれ」

佐藤は呆然《ぼうぜん》と縁側の方へいき、腰障子を開け放った。縁側を奥に戻る後ろ姿が、まるで酒に酩酊《めいてい》したようによろめいた。

晋作は西に傾いた薄日が差す座敷にひとり残された。

「かえれええっ」

奥から佐藤の叫ぶ声が聞こえた。


玄関の外の敷石で待っていた相田が、式台を下りた晋作に声をかけた。

「旦那さま、何事でござりますか」

「よい。気にするな」

玄関に若党と奥方が慌てて現れ手をついた。

「鼓さま、ご無礼仕《つかまつ》りました。平に、平にご容赦くださりませ」

若党も奥方も畳に頭がつきそうなほどだった。

「失礼いたす」

晋作は歩みを進めながら思った。このようなことが許されるのか。あまりにもひどい。まさに、鬼畜の所業だ。藤吉はなんと哀れな。

身体の震えが止まらなかった。脇差と料理刀の二刀を使う花嵐の出《い》でたちが、晋作の想いの中で像を結んでいた。藤吉、おまえに会いにいくぞ。

一行が西八丁堀にかかる海賊《かいぞく》橋を渡ったときだった。日本橋通りの方角より春原の使う手先が駆けてくるのが見えた。長いこと走ってきたらしい手先は、息急《せき》きって晋作の前にくると腰をかがめ、

「はあ、はあ、春原の旦那が、鼓さまにすぐおこし、いただきてえと。こ、小六とお菊が、す、姿を、くらましやした」

「なにっ」

手先に怒鳴ったのは、後ろの相田だった。


半刻後、元鳥越庄三長屋路地の井戸端に相田と槍持ちが控え、春原と権野の手先が路地にあふれる野次馬や長屋の住人を押し戻していた。

表木戸から四軒目の五坪の店《たな》に、晋作、春原、権野、それに庄三長屋家主の孝兵衛《こうべえ》がそろっていた。土間に三畳と六畳の二間に布団や小棚、食器、甕、行灯《あんどん》、火桶《ひおけ》、などの家財道具はそのままだった。

「一月の店賃《たなちん》とこの書きおきがございました。わたしどもが気づきましたのは四ツごろで、二人は夜明け前に出たと思われます」

孝兵衛が言った。

「小路の出入り口は交代で寝ずの番をしておりましたが、いっこうに気づかず、昼すぎになって長屋の荷物の出し入れが始まったもんで、何事かと様子を見にきたらこのありさまで……」

春原が面目なさげに晋作に釈明した。谷川が霞ヶ浦の手賀村に小六お菊の身元調べに出かけている間は、春原と権野が手先を使い、庄三長屋の小六とお菊を見張っていた。

書きおきには、長屋を引き払うことと家財道具は処分してくれとだけが、下手《へた》なひらがなで書かれてあった。

路地のいき止まりの板塀の一部が破れ、子供たちが身をかがめて出入りできる隙間《すきま》があった。小六とお菊はそこから、着の身着のままで忍び出たらしかった。

「気づかれて、いたか」

権野が腕を組んでうな垂れた。唯一の手がかりを見失い、落胆しているふうだった。そこへ袷《あわせ》を裾端《すそは》折《しょ》りに股引《ももひき》の男が二人、どぶ板を踏み鳴らして土間に入ってきた。権野の手先で、小六とお菊の足どりの訊きこみにあたっていた。

破れ板塀の後ろの路地をいくと書替《かきかえ》橋から三味線堀の通りに出る。手先は、小六とお菊らしき二人連れが三味線堀の舟に乗るのを見たという夜廻りの男の話を聞きつけてきた。

「男のほうが棹《さお》を操って、荷物も何も持たず、何やらいわくあり気な様子だったんで、夜廻りはまさか心中者ではあんべえなと思ったと言っておりやした。舟は浅草新堀に消えたそうでやんす」

「周到だな。そうとうできるやつが指示しているに違いない。舟で動かれるともっと見つけにくくなる。逃がしたか。やむを得ん。非常手段だが……春原さん、権野さん」

二人が晋作をふり向いた。

「手分けして与力の佐藤典八さまを見張ってくれ。奉行所以外はどこへ出かけるにも、昼夜問わず。佐藤さまの屋敷の周辺も隈なくだ。賊が次に狙うのは佐藤さまに違いない。花嵐は必ず現れる。そこを捕らえる」

二

夕刻五ツ。晋作は居室の文机《ふづくえ》に向かい、これまでの調書を読みなおしていた。

唯一の手がかりを失った。藤吉が動くのを手を拱《こまぬ》いて待つしかなかった。

根競べだ。今度現れたら、必ず縄をかける――

と思う一方で晋作は、次の殺しが起こらず、江戸市中から花嵐の噂がこのまま
かき消えてしまうことを願っていた。

「旦那さま、谷川さまがお見えでございます」

居室の障子の外に手燭《てしょく》の明かりが差し、廊下で高江が言った。

「おおっ。礼さんが戻ったか。座敷に通してくれ」

晋作は座を立った。

「旅から戻られ、そのままこちらに見えられたそうでございます。ひどく汚れているゆえ庭先でと申され、こちらに控えておられます」

晋作は縁側に出た。高江が庭先の方に手燭を翳《かざ》した。三度笠と合羽をわきにおいた旅姿の谷川と、菅笠に合羽、連尺《れんじゃく》のついた小葛籠《こつづら》をわきにおいた才槌頭の万次が、片膝をついて晋作を待っていた。

少し離れて提灯《ちょうちん》を提げた相田が、同じ姿勢で庭先に明かりを灯していた。

「礼さん、ご苦労だった。万次、おまえにも世話になった。とにかく上がれ。湯をたてる。今夜はゆっくりくつろいで泊まっていけ」

「晋さん、お気遣いにはおよびません。小六とお菊の件は手先から聞いておりま

す。残念なことになりました」

「失態だった。だが算段はある。手は打ってある」

「はい。わたしのほうも今夜は桂木の家に手先を集める手配をしております。二人の足どりを追う段どりを決めるため、みなが待っております。その前に、まずは晋さんに旅の報告をするためにうかがいましたので、お聞きください」

「ならばせめて縁に上がってくれ。高江、酒だ。冷やでいいから碗とな。すぐ出せる肴《さかな》もみつくろってくれ」

「すぐご用意いたします」

高江は居室の行灯を縁側に出し、すす、と台所の方へさがった。すると庭の相田も提灯の灯を消し、いなくなった。


常州霞ヶ浦手賀村の漁師・加瀬造《かせぞう》には息子二人と娘がいた。長男は家業を継いで漁師になり、家の裏の小さな畑を耕しながら漁をし、両親と暮らしていた。長女は同じ手賀村の漁師と夫婦《めおと》になり、子供もいる。

加瀬造の次男、つまり末の子が小六だった。

小六は悪餓鬼《わるがき》だった。近在の村の悪仲間とつるんで、十代の半ばから博奕《ばくち》を覚え、賭場《とば》に出入りする遊び人になっていた。

小六は加瀬造とお浜《はま》夫婦を困らせ、漁師になった長男とも喧嘩が絶えなかった。そんな小六が博奕渡世の旅烏に憧れ、親の金をくすねて手賀村を飛び出し旅に出たのは、二年と半年前の十七の秋だった。

その間、小六からなんの音沙汰《おとさた》もなかった。

「それが、去年の夏のしまいごろ、ふらっと帰《け》えってきたっぺ。足、怪我してつらそうに引きずってよ。やくざ出入りの喧嘩場で斬られたと言ったっぺ」

小六は加瀬造と母親の浜に、自分はこんな身体になってしまったから、やくざの足を洗い、これから江戸に働きに出る、もう戻ってこれないかもしれないので、別れを言いに寄ったのだと言った。

加瀬造が、江戸に何かあてがあるのかと訊《たず》ねると、江戸では弥太郎という潮来生まれの兄貴の世話になる、弥太郎は小六の命を救ってくれた恩人で、立派な人だから心配にはおよばねえと語り、小判一両を父親と母親に残して旅だった。

「ひと晩泊まっていげと進めたが、二刻も腰落ちつけねえで出かけたでがんす。あんだったら、潮来の弥太郎さんとかのほうで訊ねてみたら、もう少し確かなことがわかるかもしれねえべえ」

父親の加瀬造の話からは小六とお菊のつながりはわからなかったが、潮来生まれの弥太郎という男が小六とかかわりがあることはわかった。

弥太郎といえば、関八州の博徒の間で「斬られ弥太郎」「死神弥太郎」の異名をとる凄腕《すごうで》の渡世人の、奇妙な二刀流と顔の傷の噂を万次が語ったとき、晋作が斬られ弥太郎は潮来の生まれではないかと訊ねていた。

あのとき晋作は、顔に傷のある仁吉という潮来生まれの羅宇屋《らうや》のこともしきりに気にかけていた。

斬られ弥太郎、羅宇屋の仁吉、小六の恩人という潮来の弥太郎――

谷川と万次は手賀村から潮来に足を伸ばし、潮来の弥太郎という男の素性を探ってみる価値があると判断した。

しかし、潮来では弥太郎という名のそれらしき男の消息はつかめなかった。

谷川は、商人の組合から博奕稼業の親分衆まで伝《つて》をたどって探ったが、弥太郎という名を知っている者はおらず、また羅宇屋の仁吉についても同様だった。

そんな中、万次が白輿業者を訪ねた折り、妙な噂話を聞かされた。

去年の夏、潮来で金貸しを営む大利根屋九左衛門という男と、九左衛門と盃を交わした貸元・岩井の葛吉、倅・彦次の三人が、そろって首を落とされるという凄惨な殺しがあった。

大利根屋九左衛門が義兄弟の岩井の葛吉親子を使い、以前から霞屋という舟運業を営む店の買収を目論《もくろ》んでいたのは、同じ潮来の舟運業者の間ではよく知られた話だった。

「霞屋さんも大利根屋に狙われたら、もうどうしようもない。つぶされるより、わずかな金でも手に入れて権利を売ったほうがましだ」

と言う者もいた。実際、やくざの葛吉親子のやり口は強引で、霞屋の次男の甚二郎が彦次に因縁をつけられて殺され、悲しみが癒《い》えぬ霞屋はさらにさまざまな妨害やいやがらせを受けていた。

その最中、大利根屋と葛吉親子三人の殺しが起こったのだった。

物盗り強盗の類ではなかった。犯人は挙がらず、ただ「死神」という言葉を残していたことが評判になった。

その事件が起こったあと、舟運業者の間で、ある噂がささやかれた。

大利根屋と葛吉親子を殺害したのは、同じ霞屋さんの帳外《ちょうがい》になった倅の仕業ではないかという噂だった。

霞屋には稼業を継いでいる長男の清太郎の上に、じつは帳外になっている関八州を旅する博徒の兄がいる。その兄が密かに潮来に戻り、弟の敵討ちと親兄弟を苦しめる大利根屋九左衛門、葛吉親子らを始末したというものだった。

倅の名を、弥太郎と言った。

谷川と万次が調べると、確かに、霞屋には弥太郎という倅はいた。ただ、弥太郎は赤ん坊のときに流行病《はやりやまい》で亡くなっていた。

ほかに弥太郎と名のつく縁者は、霞屋にはいなかった。

ところが――

偶然、潮来の酒場で言葉を交わした波平《なみへい》という六十になる男から、谷川と万次は驚くべき話を聞かされた。

波平は去年の暮れまで霞屋で下男をしていたが、酒好きで、酒が元で不祥事を起こし霞屋にいられなくなっていた。

鼻薬を効かせると、波平は誰にも言うでねえぞと念を押しつつ、

「もう十年以上前の春の明け方のことだあ。江戸と潮来を結ぶ霞屋の船が、江戸の小名木川に浮いていた若い男と赤ん坊を助けたっぺな」

と話したのだった。

若い男は顔にも身体にも斬り傷を受け瀕死《ひんし》のありさまで赤ん坊を抱え、暗い川

に漂っていたという。

霞屋の主人・善右衛門とお志摩は慈悲心の深い夫婦だった。

傷だらけの若い男と赤ん坊を川から助け上げ、介抱した。男の傷を見ればわけありは明らかだったが、赤ん坊のあまりの可愛らしさと無残な男の状態を哀れんで、役人には届けず男を潮来の家の離れに匿《かくま》った。

男はかろうじて命をとり留め、一カ月がすぎるころには、どうにか杖《つえ》をついて歩けるようになった。善右衛門とお志摩は、逃げる必要があるなら男を逃がしてやるつもりだった。赤ん坊は自分らが育ててもいいと考えていた。

「今の若い清太郎旦那は仕事に厳しいが、先代の善右衛門の旦那とお志摩さんは仏のようなお人で、おらみたいなもんにもよぐしてくれたっぺ。その男が霞屋からふいに姿を消したのは、春の終わりごろだった。どんな理由《わけ》があったかは、おら知らねえがな」

ほどなく赤ん坊が江戸向島の高級料亭・武蔵屋にもらわれていった。

それから数年が経ち、波平は関八州で評判の潮来生まれの弥太郎という顔に刀傷のある渡世人の噂を聞いて心をそそられた。

顔の傷のせいで斬られ弥太郎と渾名《あだな》され、凄腕と評判の男の噂だった。

波平は、善右衛門お志摩夫婦に子供のころ亡くした弥太郎という子がいたことを知っていた。それと数年前夫婦が小名木川で助け、一カ月後姿をくらました男が顔にむごたらしい刀傷があったことも覚えていた。

それで波平は、もしかしたらあの男が潮来の弥太郎を名乗っているのではないかという疑いを持った。

波平は斬られ弥太郎の噂話をお志摩に話したことがあった。お志摩は驚き、けれどもそのあとで、あまりそういう話は人にするなと波平に釘《くぎ》を刺した。

さらに年月がすぎ、去年、九左衛門と葛吉・彦次親子が惨殺された事件が起こったあと、波平はそれが斬られ弥太郎の仕業に思えてならなかった。

なぜなら、犯人の残した「死神」という言葉が波平に斬られ弥太郎を思い出させたからだ。

斬られ弥太郎はその凄腕によって《死神弥太郎》とも異名をとっていた。

もし、斬られ弥太郎こと死神弥太郎が小名木川で助けられた顔に傷のあるあの男だったら――と波平は谷川と万次に酔った勢いで言った。

「きっとあの男が十年前の恩をかえすために九左衛門と葛吉親子三人をぶった斬ったんだっぺ。間違いねえ。斬られ弥太郎はあの男だ。霞屋さんではよ、あの殺しのあと、どんな些細《ささい》なことでも、そいつの噂をするのは禁じられたんだっぺ。今は隠居しておらっしゃる先代の善右衛門の旦那とお志摩さんのきついお達しだっぺよ。先代の霞屋さんもそれがわかってるからでねえか」

谷川が小名木川で助けられた男の名前を訊くと、波平は声をひそめて言った。

「とうきちさん、と善右衛門の旦那とお志摩さんは呼んでたっぺ。藤吉だ。江戸の料亭の武蔵屋にもらわれていった赤ん坊はお染と言ってな。それはそれはめんごい女子《おなご》の赤ん坊だった」


晋作は驚愕《きょうがく》していた。

藤吉の十年を超える命の軌跡が、まざまざと思い描けたからだ。

いったことも見たこともない関八州の風景が目に浮かんだ。

藤吉が、小名木川から潮来、そして孤独な旅を続けた関八州の山野。女房も愛らしい子も、恩ある両親も殺され、すべてを失い、十年の間、放浪の旅を続けた孤独な藤吉の心を支えていたのは、自分からすべてを奪った男らへの復讐の執念だったのではなかったか。

復讐の凶器は、両親と愛しい女房の命を絶った料理刀。復讐の鬼に変貌《へんぼう》した藤吉は弥太郎と名を替え、二刀流の腕を磨き、渡世人の喧嘩場で実戦の経験を積み、十一年の歳月を超えて江戸に戻ってきた。

復讐の符牒《ふちょう》は、花嵐……

「礼さん、おれは今日、佐藤典八さまの屋敷へいってきた」

晋作は、昼間、佐藤から聞いたすべてを語った。佐藤、大河原、猪狩、逢坂屋が十一年前のあの夜、罪なき藤吉に何をしたのかをだ。話を聞き終えると谷川が言った。

「何もかもが、つながりましたね」

「ああ。つながった。だが礼さん、やりきれない吟味だな」

「罪を犯した者が一番の悪人とは限らない。仕方がありませんよ」

谷川はこたえた。

「わけ知りのようなことを言いますが、町方の役目は、悪人を懲《こ》らしめることではなく、罪を犯した者を捕らえることですから」

晋作は黙って茶碗酒を呑んだ。不満だった。

おれたちは、それでいいのか……

縁側から見上げる夜空には、月も星の瞬きも見えなかった。夜空の彼方で、犬が鳴いた。遠吠えがあちこちから、物寂しく湧いた。

二月になった。

晋作は、江戸中の岡場所、廓《くるわ》、夜鷹が屯《たむろ》する材木おき場など、地廻りの塒《ねぐら》、陰間茶屋、酒場、賭場、乞食小屋、橋の下、神社仏閣の敷地内も、手先を使い虱《しらみ》つぶしにあたらせていたが、小六とお菊の行方はつかめなかった。

花嵐の動きは、影を潜めていた。

一方、与力・佐藤への密かな見張りは怠らなかった。佐藤こそは、藤吉と晋作をつなぐ唯一の手がかりだった。

佐藤はあれからも奉行所と八丁堀の屋敷の往復に馬を使い、供侍の三人を従え、ますます用心深げに見えた。

だが、二月朔日《ついたち》の夕刻七ツ前、詮議所の前の廊下で晋作は佐藤に呼び止められた。佐藤は背を丸めた身体をやや左にかしげ、短い歩幅で足を運ぶ特徴のある歩みで晋作のそばにきた。

背は五尺七寸を超える晋作より一寸ばかり低いだけだったが、丸めた背とのっぺりとした長い顔にへの字に結んだ唇が、心のどこかに病を感じさせた。

「話が、ござる」

佐藤は晋作のそばを通りすぎ、廊下の奥の三之間に入った。

四方の襖《ふすま》を閉じた三之間は薄暗かった。

欄間《らんま》より差す夕暮れ前のわずかな明るみが、物《もの》の怪《け》のように衰えた佐藤を浮かび上がらせた。

佐藤は立ったまま、三之間に入った晋作をふりかえり、

「迷惑だ」

と吐き捨てた。

「鼓どのの差し金であろう。こそこそと得たいの知れぬ者らが、いき帰りのみならず、屋敷の周辺にまでうろついておる。あれではまるで、わたしが彼の賊の恨みを買った役人だと、不浄役人だと、世間に公言して廻っているようなものだ。みっともない。人の迷惑を少しは考えたらどうか」

佐藤の垂れた目が晋作を見据えて離さなかった。

「よろしいか。今日、帰りにまだ得たいの知れぬ下郎を見つけたら、その場で即座に斬り捨てる所存ゆえ、万が一、そういう事態になった場合の責任をとられる覚悟を召されよ」

「しかし佐藤さま……」

「黙れっ」

佐藤がいきなり声を荒らげた。

「偉そうに。おのれを何さまだと思っておる。このたびの吟味の指揮を任されたからといって、少し、天狗《てんぐ》になっておりはせぬか。この際はっきりご忠告申し上げるが、鼓どのは未熟すぎる。もっと練《ね》れた人間になりなされ」

先日の対応と異なり、佐藤の口ぶりにはあからさまな侮蔑《ぶべつ》がこもっていた。

「用件はそれだけでござる。くれぐれも申しましたぞ」

佐藤は晋作の返事など待たなかった。

再び晋作の傍らを通りすぎ、三之間に晋作を残し、詮議所の前の廊下を玄関の方に歩み去った。

見習与力の友成が詮議所の襖を開けて顔だけを廊下に出し、三之間に佇む晋作と、佐藤が歩み去った廊下の先を見廻した。

「どうしたんですか」

友成は、好奇心を心配顔に包んで言った。

三

　その夕、晋作は紺の袷に羽織は羽織らず、細縞の平袴に二本を差し、菅笠をかぶって八丁堀の地蔵橋を渡った。供は相田ひとりである。

　七ツ半のころで、外神田は明神下同朋町の富田《とだ》道場に着くのにちょうどいいころ合いを計って屋敷を出た。

　筋違《すじかい》御門から神田川を渡り、明神下の通りに差しかかると、富田道場で稽古《けいこ》を終えたらしき少年らが、竹刀《しない》袋と稽古着と防具を入れた布袋《ほてい》を肩にかけ、帰途についていた。

　中には荷物を持たせた中間を従えた身分の高そうな少年の姿もあった。

　晋作と谷川礼介も、奉行所に見習に上がったころから、この少年たちのように富田道場に通った。邪念なく剣の修行に打ちこめた少年時代は儚《はかな》くすぎた。

　伊藤一刀斎《いとういっとうさい》一刀流の流れをくむ富田道場の冠木門に門札はかけられていない。勝手知ったる道場だが、とり次ぎの若党に相田とともに座敷に案内され、三代目当主・富田正玄《せいげん》を待った。

中庭を隔てた道場では稽古が終わったとみえ、道場の掃除をする男たちの談笑の声や床板を踏むざわめきが聞こえてきた。富田道場では、当主正玄以外、すべての門弟が、当番を決めて道場の掃除をして清める。

掃除は稽古の基本である、というのが初代の富田玄右斎《げんうさい》の考え方だった。

若党が茶菓を運んできて、

「お呼びいたしますまで今しばらくお待ちくださいませ。本日は道場へお運びいただきたいとのことでございます」

と言ってさがった。

今年四十一歳になる富田正玄は、黒の胴着と納戸色の袴姿で、正面の神棚を背に座り、腕を組んでいた。

道場は先ほどまでのざわめきが消え、今は静まりかえっていた。

正面の左右に六台の蠟燭《ろうそく》たてが蠟燭に火をゆらめかせて並んでいる。

正玄の前には、晋作が正玄にわたした帳面がおいてあった。

左わきには二本の木刀がそろえてある。

晋作は三十畳はある広い道場の門弟の名札がずらりと並んだ曰《いわ》く窓のある壁伝

いに通路を進み、正玄の前に三間ほどの間をおいて座った。相田は出入り口の舞良戸《まいらど》のそばに座った。

晋作は大刀を右わきにおき、正玄に一礼した。

正玄は軽く頭《こうべ》を垂れ、組んだ腕を解いて単刀直入に言った。

「鼓さん、ご返事が遅れて申しわけない。花嵐の太刀筋をわたしなりに咀嚼《そしやく》するのに苦労しました。難解な剣です。言葉だけより、実際の形《かた》を見て説明したほうがわかりやすいと思いましてな。道場にきていただきました」

正玄は帳面を開き、さらり、さらり、と繰った。

「鼓さんが理解しておられる花嵐の太刀筋は、先だってうかがった説明とこの帳面に書かれた内容を総合する限り、間違ってはおりません。ただし、理と論に筋がとおっていても、実がともなわなければ人は斬れない。実戦には役にたたないということです」

晋作は、谷川が常州潮来から戻ってきた翌日、大河原、猪狩、逢坂屋の遺体の状況と傷跡を晋作自身が詳細に解説した帳面を添え、白輿屋の万次から聞いた奇妙な二刀流の噂、首打ち役の六代目・山田朝右衛門の意見も紹介しつつ、剣筋と太刀捌《さば》きについて富田正玄の見たてをうかがっていた。

昼、奉行所に「お越し願いたい」という正玄の使いがようやくきた。

正玄は続けた。

「立ち合った相手の攻撃、守備、変化を読みとりつつ、こちらも攻撃し、守り、臨機に変化を加えていきます。それを繰りかえし修行し、体得していくのが道場の理屈であり、稽古です。だが、斬る、という表現で総称される行為にはさまざまな段階、あえて言えば優先順位があります。それは相手を斬る目的によっても異なる。命を絶つのか、動かなくさえすればいいのか、あるいは相手の戦意をくじくのか……それらを立ち合いの場で即座に判断をくだすのは、理ではなく想なのです。想とはおのれの心が感じ読みとる斬り具合、とでも言えましょうか。たとえば、多少誇張した語りですが、新陰《しんかげ》流の、皮を斬らせて肉を斬れ、肉を斬らせて骨を斬れ、骨を斬らせて髄を斬れ、の心がまえにも想のありようを言い得ています。つまり、想がその者の剣のふる舞いを導いているのです」

正玄は帳面から顔を上げ、膝に手をおいた。

「剣の品格を決めていると言ってもいい。わかり難いのは、じつはその想が読めないところにあるのです。理ではわかる。太刀捌き、剣筋も読める。けれども、そのようなことが実戦でできるのかと。できるのなら、わたしもそれを見てみたい。立ち合ってみたい。前おきの理屈が長くなりました。実際に形をとって説明しましょう。鼓さん、相手をお願いします」

正玄は大小の木刀二本をつかみ、立ち上がった。晋作が立とうとすると、

「刀をどうぞ。鼓さんは真剣を使ってください」

と正玄は微笑んで言った。

「大丈夫。形をとるだけです。木刀は傷ついても替わりがありますし、木刀にまで武士の魂をこめては疲れる。刀は道具です。それが自然の摂理にかなう」

晋作は刀を腰に差した。正玄は右手に大、左手に小を握ったが、小の木刀の握りを逆手に持った。そしてだらりと両手をおろしている。上体の力がほどよく抜けたかまえが読めた。

「花嵐が二刀を使うことを前提に斬られた痕を見れば、おそらくこのようなかまえで相手に立ち向かうと思われます」

正玄は右足を半歩前に出し、右手の木刀を晋作に突きつけた。

「刀を抜いて、自由にかまえてください」

晋作は鯉口《こいぐち》をきった。刀をすらりと抜き、青眼にかまえた。正玄は中背である。晋作はやや正玄を見おろした。途端に正玄は突きつけた木刀を右下におろしなが

ら開いた。隙だらけというより、かまえが消え、道端の立木のようになった。

正玄は微笑んでいる。

「攻撃防御、両方の形を試《ため》してみますが、どちらを先にしますか」

「では、わたしから参ります」

「どうぞ。わたしを斬るつもりで……」

立木は動かなかった。そうか。晋作は感じた。攻撃をしいられる虚が、攻撃の実を鈍らせている。晋作は思念を捨て間合いをつめた。

正玄は知らぬ素ぶりに立っている。

上段にかざした。一気にふりおろした。

あっ、と思った。正玄の左の木刀が逆手のまま晋作の首筋にあたった。

正玄は晋作の剣を払わなかった。ふりおろした刀に靡《なび》くように身体をそよがせ、逆手の木刀で晋作を斬り上げたのだった。

「これです。二人の侍はこうして斬られた。しかも、刀を抜く動作に入るやいなやにです。二人は刀を抜く隙《ひま》もなかったのでしたね」

晋作は「はい」と頷いた。正玄は木刀を引いた。

「鼓さんは手加減を加えた。だからわたしも右を使う必要がなかった。もう一度。

もっと、本気でわたしを斬ってください」

「わかりました」

晋作は間合いをとった。青眼にかまえ、今度はにじり寄った。冷や汗が頰を伝わった。正玄は立木になる。虚ではなく、自然の摂理にかなった動きができるか。

晋作は青眼をおろし、それを右から斜め上に上げた。

ゆっくり。

半ば、立木を両断する気迫で打ちこんだ。

たあぁっ——

正玄は打ちこみを払った。打ちこみが虚空を泳ぎ、正玄の左の木刀が今度は晋作の胴を打ってすり抜けた。晋作がふりかえると、正玄はすでに立木のように佇んでいた。微笑んでいる。

晋作の背筋に悪寒が走った。

なんだ今のは。手もなく自分が斬られているのがわかった。

「右手の剣で払う。あるいは防ぐ。左の剣で逆手斬りにする。二刀の捌き、太刀筋は単純明快です。だがこれは理屈です。木刀だから鼓さんは今斬られた。実戦であれば、鼓さんは肉を斬られたかもしれないが、骨を断ちに反撃に転じているでしょう」

言いながら正玄は晋作の周りをそよ風のように廻り始めた。二本の木刀は力なく下げたままである。晋作は青眼にかまえた。

「料理刀、のような得物と、山田朝右衛門どのの見たてがありましたな。問題はそこです。理は子供でも理解できる。しかし、この剣捌きでなぜ一刀で人の命が絶てるのか、想が見えない。落差がありすぎる」

なおも正玄は晋作の周りを廻り続けている。

「人斬りは、一様ではない。ぶった斬る、打ちのめす、打ち砕く、引き斬る、へし折る……それらも人斬りです」

途端に、正玄の右の木刀が空を描き、晋作の正面を襲った。晋作は剣で払った。だがそのときはすでに、正玄の左が晋作の胸元を突き上げていた。晋作は両の腕に正玄の木刀を抱えこんでいた。

晋作の息使いが荒くなった。

「わたしのこの勝利は、木刀での理屈の勝利です。これでは鼓さんが殺せない。鼓さんはこのままわたしを抱きすくめ、動きを封じ、組打ちに持ちこんでもいい。結果は同じでも死にざまは違う。本当に料理刀のような得物を使ったのであれば、この剣捌きで一刀のもとに致命的な傷を与えられることが驚異です」

正玄は晋作と離れ、その場に座り、木刀を右わきにおいた。晋作は刀を鞘《さや》に納め、正玄に対座した。額の汗をぬぐった。

「料理人の匠《たくみ》の技のような、とも言われましたな」

「はい。花嵐の刀は一本が長脇差で、一本が料理刀のような特別に誂《あつら》えた得物と思われ、その妙な二刀使いが評判にもなっておりました」

「俎板《まないた》の上の魚は動かない。匠の技は動かない魚をきり捌く。匠は魚の攻撃を防ぐ必要はない。だが人斬りは俎板の上の魚をきり捌く技ではありません。相手の攻撃を防ぎ、防御をかいくぐって斬らなければならない。人斬りの稽古は、職人の修業とは違う。理と想の間には、あまりにも大きな隔たりがあります。人技《ひとわざ》とは思えない。それは神業がなせる技、おのれを守ることに微塵の考慮も払っていない、そう、おのれが消えた恐るべき実戦剣、と言っていいでしょう」

「この剣に……どうすれば、勝てますか」

晋作は膝を進めた。正玄は晋作をじっと見つめた。

難しい――とは言わなかった。

「剣に勝つのではなく、人に勝つのです。自然の摂理にかなう動きを心がけなされ。自然の動きが、鼓さんを導くでしょう。ただそれあるのみです」

そのころ、八丁堀南茅場町山王日枝神社東隣の町方組屋敷の並ぶ小路から北島町に至る夜道を、丸木の梓弓を携え竹の網代笠によろけ縞の小袖、素足に漆塗りの下駄を突っかけ、小さな風呂敷包みを肩にかけた女が下駄の音を鳴らしていた。

二月の声を聞き、寒さも和らいでいた。

女の歩みは、急いでいるふうでもなく、どこぞの客に梓弓の祈禱《きとう》をすませた帰り道という風情だった。女は代官屋敷の通りに面した町方与力・佐藤典八の組屋敷の冠木門の前をすぎ、さらに東に道をとった。

組屋敷の塀と通りを挟んで軒をつらねる北島町の町屋に入り、女は軒提灯に《お酒・飯》と記した見世の縄暖簾《なわのれん》をくぐった。

女が入ると五十年配の亭主が縄暖簾を外した。客は狭い座敷の、櫺子窓《れんじ》のわきに座って酒を呑んでいる男がひとりだった。男は手拭を頰かぶりに、盃を口に運びながら障子を少し開けた櫺子窓越しに暗い通りに目を配っていた。

四ツが近くなり、見世はそろそろ調理場の火を落とす刻限だった。

女は座敷に上がり、男の前に座った。心得ているふうに、亭主が熱いちろりと猪口《ちょこ》を運んできた。この見世の亭主は男が使っている手先の知人だった。

男はちろりをとり、女の猪口に酒を満たした。

「どうだい」

男が顔を上げた。頰かぶりの影に谷川礼介の顎の骨が張った厳つい顔があった。

竹の網代笠の女は桂木だった。

「塀沿いに屋敷の裏手の方も廻ってみましたが、変わった様子はありません」

「佐藤のわがままにも困るぜ」

谷川は暗い通りの先にかすかに見える冠木門を眺めた。

晋作から昼間の佐藤の激昂《げっこう》を聞かされ、佐藤に気づかれないように見張ることを命ぜられたのである。

「これからは見張っていると佐藤に気づかれちゃあならねえ。しばらくはおまえとおれの二人きりでやる。きつい仕事になる」

「心得てます」

桂木は谷川の猪口に酒をそそいだ。

「……現れるのですね」

「ああ。晋さんもおれもそう見てる。花嵐は必ず現れるさ。復讐のためだけにおのれを鍛え上げ、生きてきた。失うものは何もねえ。てめえの命だってとっくに捨ててやがる。そんなやつが諦めるはずがねえ」

夜廻りの拍子木が火の用心を告げて廻り始めた。

「身に気を配ってください」

桂木がぽつりと言った。谷川は桂木に視線を移した。

珍しそうに、ふん、と笑った。

「おれに、不吉な卦《け》でも出てるのかい」

「わかりません。ただ、花嵐は恐い。強い。死神のよう……占いではなく、わたしの心が、それを感じているんです」

桂木はこたえ、谷川の目を見据えた。

第六章　花の嵐

一

江戸に桜の花が咲いた。春風が江戸の人々の心に、甘くせつなく秘め事を誘う季節が訪れていた。

日本橋十軒店、人形町、尾張町では雛市《ひないち》が始まっている。

評判、評判……の売り声の読売が、箱崎河岸を日本橋川に沿って流していく。

どうせどこかの情死事件か、狂言役者の色恋沙汰《ざた》である。

移ろいやすく新し物好きの江戸庶民の関心は、すでに一連の殺しから離れていた。最後に深川元町の名主・逢坂屋孫四郎が殺害されてもう一カ月半。

一連の殺しと言ってもわずか三人。しかも町方役人、牢屋同心、町名主の役人ばかりである。

「恨《うら》みを買うのも役人の務めだあ。あっしらには、そんなの関係ねえ……」

と忘れられていた。

墨田堤向島の桜も咲き誇って花見はこれからなのに、その日はあいにく薄鼠《うすねず》色の雲が江戸の町をどんよりと覆い、小雨が思い出したように、ぽつぽつと落ちていた。

大川新大橋をくぐった荷足船《にたりぶね》は、田安家下屋敷の白塀と葉の繁り始めた屋敷内の木々を左に見て堀川を箱崎橋へ向けてのぼっていた。

櫓《ろ》を漕《こ》ぐのは、菅笠をかぶり鼠の木綿小袖《こそで》を裾端折りに、男帯をきりりと腰に巻き、紺の手甲脚絆、紺足袋草鞋《わらじ》の若い船頭だった。

紅鳶《べにとび》の袷《あわせ》の裾を端折り、一本独鈷《どっこ》の博多帯、黒の手甲脚絆、黒足袋草鞋履きに饅頭笠《まんじゅう》をかぶった男が、表舟梁《ふなばり》に腰かけていた。

後ろの艫《とも》舟梁に座っているのは、千筋《ちすじ》の山まゆ縮緬《ちりめん》の小袖、黒繻子《くろじゅす》と白の鯨帯《くじらおび》に白の手甲脚絆、白足袋に紅鼻緒の草履を紐《ひも》でしっかりと結え、網代笠をかぶった若い女だった。

三人とも小雨を除《よ》けて、柿色の粗末な紙合羽《かみかっぱ》を羽織っていた。

船の荷物は、ひなげし、蘇鉄《そてつ》、万年青《まんねんせい》、珊瑚樹《さんごじゅ》の苗木、翠蘭《すいらん》、姫ゆり、などなど色とりどりの鉢植えに、束になった竿竹《さおだけ》、青々とした笹竹が舳先《へさき》から出て、水面《みなも》に影を作っていた。

刻限は八ツすぎ。荷足船はゆるゆると川面をすべる。

箱崎橋の近くにくると、お千代舟《ちよぶね》が漕ぎ寄って、

「ぽちゃぽちゃの舟饅頭でござい、おまんでござい、二十四文でござい……」

と舟人《ふなびと》が日もまだ明るいのに声をかけてきた。

荷足船の網代笠の女が、お千代舟の筵《むしろ》をかぶった売女《ばいじょ》の白粉顔《おしろいがお》をじっと見た。

売女は少女の面影を残した網代笠の女の眼差しを恥じらい、顔をそむけた。

霊岸橋の畔《ほとり》に着くと、饅頭笠の男が船から鉢植えを歩みの板におろした。

「竿竹屋さん、世話になったね」

男は船頭と艫の女に言った。

男は鉢植えを乗せた両天秤《りょうてんびん》を担ぎ、雁木《がんぎ》をのぼって八丁堀の町に姿を消した。

それから荷足船は、小雨が細かな波紋を落とす日本橋川を、江戸橋方向に漕ぎのぼっていく。

南茅場町の大番屋をすぎると、ほどなく鎧《よろい》の渡《わたし》の河岸である。

竿竹と笹竹を積んだ荷足船は鎧の河岸についた。

網代笠の女が桟橋に上がり、手拭をかぶった渡の船頭に心づけを差し出し、

「お得意さまに竿竹を届けるご用がございます。一刻ばかり、船着場のわきにでも船を停めさせておくんなさいまし」

と頭を下げた。女の紅い唇が愛想よくほころんだ。

「ああいいよ。大丈夫だ。そこなら邪魔にならねえ」

船頭は白紙に包んだ心づけを懐に仕舞い、腰の煙草入れから鉈豆煙管《なたまめギセル》をとり出した。荷足船の船頭は竿竹の束を肩に担いで、悪い足を引きずって歩みの板をこっとんこっとんと踏み、青い笹竹を担いだ女は男を庇《かば》いながら後ろに従った。

「おう、手伝おうか」

渡の船頭が声をかけた。女が顔を向け微笑《ほほえ》んで、

「慣れておりますので、けっこうでございます」

と言い、河岸場の雁木をのぼっていった。

荷足船の板子に、筵にくるみ荒縄を巻いた荷物が残っていた。

男と女は南茅場町の家並と武家の白塀に挟まれた通りを南にたどり、坂本町と茅場町の四ツ辻を越えた。山王日枝神社の境内に咲く桜が、通りに色鮮やかな枝を伸ばしている花模様が見えてきた。

八丁堀には傘屋が多い。神社前、通りを挟んだ表店《おもてだな》の土産物屋《みやげ》の中にまじって、傘屋が小見世をつらねている。

神社の境内沿いに軒をつらねる土産物屋の板葺《ぶ》き屋根の向こうに、薬師堂の銅を葺いた緑の屋根が頭をもたげていた。

小雨と人通りの少なくなった遅い午後、参詣客相手の土産物屋の中には、早仕舞いをする見世もあった。

竿竹屋は、板戸を閉めた一軒の見世の軒下に竿竹の束を下ろし荒縄を解いた。がらがらと竿竹を板戸にたてかけ、女は笹竹の枝のひとつひとつに馬具の胸繋《むながい》に垂らし飾る鈴をしっかりと結び始めた。

女が七個の鈴をつけ終え笹竹を軽くふると、しゃんしゃん、と鈴が快い音色を響かせた。

竿竹屋の男と女が売り物を広げている通りの先、神社の鳥居前をすぎて瑞垣《みずがき》が続いている道端に、さきほどの饅頭笠の男が二つの籠《かご》をおいて、通りをいき交う人の目につくように彩り鮮やかな鉢植えを並べていた。

といっても、お薬師様の縁日の八日と十二日は植木市なども開かれ参詣人で賑わうが、縁日でもないそんな日に妙な植木屋さんだねと、ひやかしの客がせいぜいだった。

ましてや桜の花のほころびる季節。境内に咲く桜の艶《あで》やかさに、まばらに通る人の目も奪われ、そのうえに朝からの小雨が通りをひっそりと包んでいた。

饅頭笠の男は鉢を台替わりに尻を落とし、長煙管を吹かしていた。商売っ気はあまりなさそうで、桜の枝の間から落ちる雨の雫《しずく》が紙合羽を伝うのも気にせず、じっとうな垂れ、腕を組んでいた。

白と黒の斑《まだら》の痩《や》せ犬が、饅頭笠の植木屋を怪しんで男の周りを嗅《か》ぎまわったが、男と目が合うと怯《おび》えて逃げ去った。

男は饅頭笠の陰に表情を沈ませた。

ただ、男の眉間《みけん》から頰にかけて肌を抉《えぐ》る古い傷跡は隠せなかった。

手習いの帰りの子供らが神社の境内で遊び始めていた。

雨は小止みになった。けれども七ツもすぎたと思われるころ、また降り出し、今度は少し強く降った。

子供らが走って家路についた。子供らの喚声が途絶えると、あたりは急にしんとした。偶然、お薬師様前の小雨に煙る通りは人どおりが消えた。

饅頭笠の植木屋は腕組のまま動かなかった。竿竹屋の男と女も軒下でぽつねんと佇んでいる。

雨がひたひたと地面を濡らし、夕刻前の通りを薄暗くした。

そのとき、馬の蹄《ひづめ》の音が坂本町と茅場町の四ツ辻の方から聞こえてきた。

鳥居前を南北に真っ直ぐ伸びた通りの小雨に煙る南茅場町の方角から、馬上の侍と、供侍が前にひとり、後ろに二人、その後ろに槍持ちと挟箱担ぎの中間二人が従う、総勢六人の一行が差しかかった。

馬上の侍はもちつつじ色と縞《しま》の仙台袴《せんだいばかま》の継裃《つぎかみしも》に鼠の紙合羽をまとい、一文字形の塗笠をかぶっていた。北町奉行所人足寄場定掛与力・佐藤典八である。

従う供侍は二十数年召し使う家士と、一月、新しく雇い入れた二人で、いずれも紫紺の羽織に、雨の飛沫《しぶき》を避けて袴を股《もも》だちにとり、菅笠、紙合羽を羽織っていた。

中間二人は、黒っぽい木綿の帷子《かたびら》を尻端折りに草履を帯の後ろに挟み、裸足《はだし》になっていた。

馬はのびやかな歩みだった。奉行所から組屋敷までのいつもの通い慣れた道だった。前方の代官屋敷の通りを東に折れて一町ほどいくと、佐藤家の冠木門がある。一カ月半が何事もなくすぎ、緊張もゆるんでいた。

佐藤は、いつになく、気を許した。社前《しやぜん》に差しかかり、鳥居わきから通りに枝を伸ばしている桜の木の見事な咲きっぷりに見惚《と》れ、馬の歩みをさらにゆるめた。供侍も、社前の石の柵の際に、今時分たったひとりだけで、鉢植えの行商をしている植木屋を怪しまなかった。

そう言えば、今しがた通りすぎた見世の軒先で竿竹屋の男と女が一行に礼をした。今どき、弁《わきま》えた町人である。だが、雨の夕刻の寂しい通りで、なぜ竿竹売りなのだ。雨宿りか。妙だとは、一行の誰も思わなかった。

佐藤は馬を鳥居の方に寄せて歩みを止め、桜を見上げた。

雨の雫が、艶やかな桜の花々の間から霊水のようにこぼれ、うずくまる植木屋の饅頭笠の上ではじけている。

佐藤は貧しく愚鈍そうな植木屋を見おろし、それからまた桜を見上げ、

「雨に煙る桜も、風情があって、いいものだな……」

と、誰とはなしに言った。佐藤は植木屋に返答を求めたのではなかった。このような者に雨に濡れる桜の風情など、解せるはずがない。

佐藤は微笑んだ。今年も無事、桜の季節を迎えた。供の侍たちも満開の桜の見事な枝ぶりを見上げていた。

「そう思わぬか、植木屋」

なぜか佐藤は植木屋に言い、目を植木屋に落とした。

鉢植えを並べた籠と石の柵の間にうずくまっているはずの植木屋の姿がなかった。座り台替わりの素焼きの鉢だけが底を上におかれてあった。

「待たせたな、佐藤典八」

ふむ？　佐藤は低い声に誘われて顔をふった。

道の前方三間半の間をおいて、饅頭笠に柿色の紙合羽で身を覆い、黒の脚絆に黒足袋草鞋の長身痩軀《そうく》の男が、そぼ降る雨中にすっくと立っていた。

馬が激しくいないないた。

「十一年前の借りを、かえすぜ」

長い年月だった。藤吉はくるまっていた紙合羽を払い除けた。開いた紙合羽がふわりと地面に落ちた。

古傷も痛々しい顔を上げ、腰の一尺九寸の長脇差と、紅鳶《べにとび》の小袖をきりりと締める一本独鈷の博多帯の、背中の結びにきゅんと差した一尺七寸のしこみ刀を逆手に、ほぼ同時に抜き放つ。

佐藤が塗笠の下で目を瞠《みは》った。

藤吉は両足を踏み締め、右の脇差、左の逆手のしこみ刀を左右に大きく掲げ、一行のゆく手を遮った。

そのかまえに威圧され、馬が前足を跳ね上げていななき、六人はだらだらっと後退《あとずさ》った。

「おのれ、慮外者《りよがいもの》」

先頭の供侍が大刀を抜いて、二歩三歩と踏みこんだ。侍は刀を上段にかまえた。さらに踏みこみ、雨煙を斬り裂いて白刃を藤吉の頭上に打ち落とした。

それを藤吉は脇差で受け止める。同時にしこみを逆手に侍の腹を鋭く抜いた。

ひっ――――供侍はもろくも前に泳いだ。

開いた脇胴を藤吉のかえした脇差が鈍い音をたてて抉った。血飛沫が飛んだ。

供侍は声もたてなかった。ゆらゆらと身体が崩壊するように崩れ、小さな水溜りの泥を撥《は》ね上げた。小刻みに痙攣《けいれん》し、動かなくなった。水溜りは血溜りになった。供侍は十九で召し使われ、今年、四十二になる腕自慢だった。

一瞬の出来事に、残りの五人は凍りついた。息を呑んだ。

馬だけが怯え、激しく首をふり、後ろへ下がろうと喘《あえ》いだ。

佐藤はひと言も声を発しなかった。声が出なかったのだ。

手綱を夢中で引き、馬をかえして胴を蹴った。槍持ちの槍をとろうともしなかった。怯えた馬は逃げ道を与えられ、地面を蹴り、濡れた土を巻き上げた。

馬蹄《ばてい》が静かな通りに、けたたましく轟《とどろ》いた。

「旦那さまぁぁっ」

挟箱を担いだ中間と二人の供侍が馬のあとを追った。それを追う藤吉に刃向かってきたのは槍持ちの中間だった。鞘《さや》のついたままの素槍で藤吉の足を払った。

藤吉は飛び、脇差で槍の柄を打った。

ぱしんっ——打ち落とされた槍先が、雨中に空しく舞い飛んだ。

中間に脇差をふりかざすと、中間は神社の石畳に尻餅をつき、褌《ふんどし》の尻も露わに濡れた石畳を喚きながら転がった。


見世の町民らが激しい干戈《かんか》を聞きつけ、怯えつつ軒下からのぞいた。通りに出てくる者もいた。だが、馬が通りを駆けてくると、いっせいに軒下に逃れた。

塗笠が雨風にあおられ、怯えて血の気の失せた佐藤の顔が曝《さら》け出された。

竹槍を持った小六と鈴のついた笹竹をつかんだお菊が通りに躍り出た。

二人は道を塞いで竹槍と笹竹でかまえ、疾駆する馬に向かって突進した。

「やあああ……」

喚声とともに笹竹の鈴が上下左右に揺れて鳴り、竹槍が馬の鼻先に突き出された。怯えた馬が前を遮られ、いななきながら前足を大きく跳ね上げた。

馬上の佐藤はふり落とされまいと馬の首にしがみついた。

「どけえっ」

そのとき追いついた侍が小六の竹槍をすり上げる。もうひとりがお菊の笹竹を払い、鈴のついた枝葉を断った。鈴がじゃらんと地面に落ちる。

小六に迫った侍は激しく打ちかかった。小六は竹槍でそれを払うのが精いっぱいだった。足を引きずり後退する。

だが、佐藤を乗せた馬はまた向きを変え、きた道を駆け戻り始めた。

「ここはおれが引き受けたあ。おぬしは主《あるじ》どのを頼む」

小六に向かった侍が喚いた。

「心得た」

女と見て侮《あなど》ったか、侍は佐藤と馬のあとを追った。挟箱担ぎの中間は一瞬躊躇《ためら》ったが、そのまま奉行所目指して駆けた。

侍の上段からの一撃が小六の竹槍を真っ二つにした。侍は動きの遅い小六を足で蹴った。小六は通りの見世の傘屋の表土間に、わあ、と倒れこんだ。腰の脇差を抜こうとするが、焦って抜けない。

「死ねえっ」

侍が怒鳴った。きっ先を小六にかざし、腕を引いて力をこめた。

「ええいっ」

そこで侍の顔が歪んだ。侍の背中をお菊がひと声、竹槍で貫いたからだ。

竹槍は先の尖りを鋭くし、十分な焼きが入っている。それを竿竹の束に何本も用意した。

侍は歯軋《はぎし》りした。

お菊が竹槍を抜いた。

侍はふりかえり、刀をふり上げてお菊ににじり寄った。

「たあっ」

その首筋へ、背後から小六が脇差を見舞った。

すかさず、お菊は侍の腹に竹槍を再び突きこんだ。先端が着物を抉り喰いこむ。

腹を突きとおすように、満身の力で押した。

侍が悲鳴をあげた。

お菊は竹槍を身体ごと押しつけた。

侍は見世の板壁に背中をぶつけた。小六は侍の首筋を引き斬った。侍は息も絶え絶えに喘ぎ、身悶《みもだ》えた。お菊を睨《にら》み、ずる、ずる、と落ちていった。

そのときお菊と小六の後ろを、黒い影が神社の方へ走っていった。


中間を捨てて佐藤を追った藤吉は、佐藤を乗せた馬が駆け戻ってくるのを見て、二刀を地面に突き刺し、道端の瑞垣にたてかけた天秤棒《てんびんぼう》をつかんだ。

そして、通りのやや左に立ち、身体を右に大きく開いた。

天秤棒を頭上に大きく掲げる。

佐藤は馬にしがみつくのに精いっぱいに見えた。

馬が地響きをたて、土を蹴散らし、藤吉にたちまち迫った。

藤吉の前を走り抜ける瞬間――

藤吉は天秤棒をふりおろし、力をこめて馬の前足を横から薙《な》いだ。

馬は狂ったようにいななき、前足を折って頭から地面に突っこんだ。土と雨の飛沫が飛び散り、佐藤は転んだ馬の前方に投げ出された。

「おりゃああっ」

追いかけてきた侍が藤吉に斬りかかった。藤吉は侍の左に大きく飛び、天秤棒を侍のこめかみに打ち落とした。天秤棒は、ばきり、と折れて片割れがくるくると宙を舞い、侍は顔を仰け反らせ、走ってきた勢いのまま水溜りに転がっていく。侍はのた打ち廻り、泥にまみれた。

佐藤が立ち上がっていた。藤吉をふりかえりふりかえり刀を抜き、よろよろと逃げる。藤吉は道に突き刺した二刀をとりなおし、つつつ……と駆け寄った。佐藤の紙合羽を羽織った背中を、しこみ刀で斬り上げた。

「やあっ」

佐藤はうめいた。顔が苦痛に歪み、上体が反った。通りの出茶屋の葦簾《よしず》を破って毛氈《もうせん》を敷いた長床几《しょうぎ》に倒れこんでいった。

床几の足が佐藤の重みを支えられず、音をたてて折れた。

藤吉が飛びかかろうとした瞬間、背後から袈裟懸《けさが》けの一撃を浴びた。

だが藤吉は瞬時も怯まなかった。ふりかえりざま、背後の男の左に脇差を打ちこみ、かろうじてそれを受け止めた男の胸から脇をしこみで斬り裂いた。

男は黒菱模様の小袖を裾端折りに町人の出でたちに、脇差一本を腰に差した谷川礼介だった。谷川は苦悶の表情を浮かべ、小雨の通りに後退った。片膝を折った。それから仰向けに倒れていった。

そのとき藤吉の饅頭笠をひゅんと風が掠《かす》め、手裏剣が茶屋の軒柱に刺さった。見ると四間先に、竹の網代笠によろけ縞の着物姿の桂木が次の手裏剣をかざして藤吉を睨んでいた。

佐藤は出茶屋の土間を這っていた。止めを刺したいが、桂木の妖気がそれを許さなかった。

桂木の下駄ががりがりと土を嚙《か》んだ。

藤吉は膝をつき、背中の痛みを堪《こら》えた。

「ああ、兄《あに》さんっ」

小六とお菊が叫びながら追いついた。小六が藤吉を抱き起こし、お菊が桂木の前に竹槍をかまえた。瞠《みひら》いた目と嚙み締めた唇に、一歩も引かぬ決意と、健気《けなげ》な気迫が漲《みなぎ》っていた。

手裏剣をかざした桂木は、お菊のあまりの年若さに打たれた。娘の一途《いちず》な初々《ういうい》しさにたじろいだ。この娘が花嵐の一味なのか？

「わたくしは谷川さまの身をお守りできればいいのです。あなた方に用はない。

いきなさい」

桂木は声を響かせた。小六が藤吉を肩に担ぎ、足元の覚束《おぼつか》ない藤吉を引きずるように歩き始めた。

お菊は反対側から藤吉を支え、鎧の渡へ向けてひたむきに進んだ。

だがその間も、通りに顔を出した町民や通りがかりの者らに目配りは怠らなかった。

桂木は手裏剣をおろし、谷川のそばへ駆け寄りひざまずいた。

二

「か、開門、かいもおおん……」

槍持ちの中間が繰りかえし叫びつつ、雨の通りを駆けた。

中間は佐藤家組屋敷の冠木門にぶつかり、激しく木戸を叩いた。

「かいもおおん。開けてくれええっ」

中間は木戸を叩き続けた。表を通りかかった顔見知りの同心と小者が、

「おいおい、どうしたい」

と慌てふためいた中間に声をかけた。

「大変だあ、旦那さまが斬られた。襲撃だあ。みんな斬られたあ」

「なんだと。場所はどこだ」

「さ、山王の薬師様前えっ」

中間が指差し、同心は十手を抜いて駆けていった。そのとき、中間の後ろでようやく冠木門が重たげに開いた。

挟箱担ぎが北町奉行所の通用小門をくぐったのは、それからしばらくしてからだった。

「佐藤さまが襲われましたあ。佐藤さまが襲われましたあ……」

挟箱担ぎの中間は玄関前でひざまずき、繰りかえし叫んだ。

表門隣同心詰所の同心や中番らが、玄関前と式台に現れた。みな、何事かと、容易ならぬ事態にざわついた。公用人の高畑孝右衛門が式台に現れ、

「静まれ、静まれ」

と玄関前の一同を制した。

ほどなく、与力・佐藤典八襲撃の報せが詮議所の晋作にもたらされた。

襲った者は三人。場所は八丁堀山王薬師前。佐藤の安否は不明。今わかるのは

それだけである。柚木もいた。

「山王薬師前だと。われらの足下《あしもと》ではないか」

柚木が報せた同心に質《ただ》した。

「ご免っ」

晋作は柚木に一礼すると、刀かけの刀をつかみ詮議所から玄関へ急いだ。

刀を腰に差し、裃を肩からはずして袴の腰に挟んだ。足袋のまま式台を下り、石畳を駆け抜け、表通用門をくぐって奉行所前の道に躍り出た。

門前で相田とともに控えている中間の槍をつかんだ。

「相田、いくぞ」

ひと声かけ、槍を小脇に呉服橋御門へ走った。

柚木が続いて玄関に現れ、

「番方小者は鼓を追え。佐藤どのが襲われた。相手は三人。鼓を追え。門番、門だ。門を開けえい」

と昂《たか》ぶった声で命じた。

同心や小者が次々に通用門をくぐり、門番が表門を軋ませて開けた。

晋作は雨の江戸の町を足袋で駆けた。晋作の躍動する身体を水飛沫が包んだ。

藤吉、おまえに会わねばならぬ。

「御用である、御用である」

晋作は叫んだ。呉服橋から日本橋通りの人々は、裃の肩をはずし、小脇に槍を抱え、足袋跣《はだし》で土を蹴り疾駆する若い侍の出現に驚き、喚声をあげた。悲鳴をあげる女もいた。相田、中間が遅れじと晋作に従っている。

海賊橋を渡って坂本町、茅場町の辻を南に折れると、山王社前の通りは雨に煙っていた。

軒下に野次馬が固まり、数人の同心が道に倒れている者を検視していた。

晋作は急ぎ足の歩みになった。右手の軒下に竹槍を腹に突き刺されたまま侍が板壁にぐにゃりと凭《もた》れていた。

鳥居前には二人が倒れ、ひとりは虫の息でうめいていた。

さらに先にもうひとり仰向けに横たわり、網代笠の女が着物が汚れるのもかまわずに、傍らの泥の上にひざまずいていた。顔を上げた桂木と目が合った。

尖った頤《おとがい》に不釣合いなきれ長の目が赤く潤んでいた。

「礼さん。すまん」

晋作は呼びかけ、横たわる谷川の傍らに膝を折った。雨に濡れた谷川の顔は血の気を失い、土色にくすんでいた。着物の胸元が鮮血に染まっている。

谷川は晋作に気づき、小さく頷《うなず》いた。

「め、面目、ない。藤吉を見ました。か、顔にひどい傷が、ある。強い。恐ろしく……けどやつも、手傷を負っている。わ、わたしが、ひと太刀……」

「わかった。もういい、礼さん。傷に障《さわ》る」

出茶屋の土間に佐藤がうつ伏せになり、佐藤家の下男下女と内儀が傷の手あてを施していた。

内儀は血に染まった晒《さら》しを手にして立ち上がり、晋作に一礼した。

「医者はどうした」

「今、呼びにやっております。すぐ参りましょう」

同心のひとりがこたえた。そこへ戸板を持った自身番の男らが現れた。

通りには晋作のあとを追ってきた同心や中間が次々に到着していた。

「晋さん、あとを、頼みます。と、藤吉を、捕まえて、ください」

戸板に乗せられた谷川が、晋作の袖をつかみ、無念そうに言った。

「ああ、約束する。藤吉を必ず捕まえる」

谷川は目を閉じ、雨の中を戸板で運ばれていった。桂木は谷川にずっと寄り添って雨の通りに消えた。

　襲撃の騒ぎを聞きつけた組屋敷の家士や、松平家藩邸の侍、奉行所からの帰り道にき合わせた同心らが、花嵐こと藤吉、小六、お菊の三人を追った。

　追っ手が三人に追いついたのは、鎧の渡場だった。

　藤吉は負傷し荷足船に寝かされ、お菊が艫綱《ともづな》を解いていた。追っ手が雁木をくだってくると同時に小六が櫓を軋ませた。

　追っ手が栈橋を踏んで荷足船に迫ったとき、お菊が筵に隠していた塗籠藤《ぬりこめどう》の弓に笹竹三枚羽の矢を番《つが》え、追っ手を威嚇《いかく》した。

　その矢が河岸場の松平家の土壁に刺さっていた。

「まったく、太《ふ》てえ女ですよ。わたしらは五、六人だったですがね。小娘のくせに弓矢をこう番えてわたしらに狙い定めるんでさあ。くるならきてみろって威《おど》しやがってね。わたしら、思わず伏せてしまいやした。川には渡舟やら荷を積んだ舟が通っとりましたが、女は寄るなみたいにそっちにも弓矢を向けて威かして、舟が栈橋からだいぶ離れてからわたしらの頭の上にこの矢を放ちやがったんでさあ。びっくりして足をすべらせ川に落ちた不心得者《ふこころえ》もおりやした。女がからからと笑いやがってね。悔しいが、惚れぼれする度胸だった」

追っ手に加わった同心が、三人を乗せた舟が日本橋川の川筋に消え去ったありさまを晋作に語った。あとから駆けつけた春原と権野も一緒だった。

雨は止んでいた。夕暮れが迫り、往来する舟の提灯の灯が川面を寂しく漂っていく。対岸に小網町の甍《いらか》を連ねる蔵屋敷が白壁をぼうっと並べていた。

「この血を見る限り、やつも相当深手を負っておりますな。これじゃあくたばってることもなきにしもあらずですよ」

春原が桟橋に残った血の痕を目で追いながら言った。

晋作は春原にふり向いた。

「藤吉は斬られ弥太郎、死神弥太郎と関八州で恐れられた不死身の男だ。十一年前、大河原と猪狩に斬り苛《さいな》まれても死ななかった。藤吉は必ず生きている」

「不死身か。くそお。やつら、どこへ消えやがったんだ」

「春原さん、手がかりはある。藤吉が姿を見せるはずの場所が江戸にはもう一カ所ある。そこを見張るんだ」

晋作は暮れ泥《なず》む川面を見つめて言った。

藤吉、おまえに会わねばならん——晋作はまた呟いた。

夜が更けた。本所源森《げんもり》川源森橋。橋の畔《ほとり》で老夜鷹・初波《はつなみ》が客を引いている。人通りはなく、初波はしけた夜に毒づいた。

今日もどこかで半鐘が鳴っている、その源森橋下。

川堤の杭《くい》に荷足船が舫《もや》り、船端を思い出したように暗い波が叩いた。

橋下の初波の掘ったて小屋に、藤吉、小六、お菊の三人は身を寄せていた。

小六が片肌を脱いだ藤吉の上体を抱き支え、お菊が肩から背中に斬りおろされた真新しい傷に晒しを巻いていた。晒しは見る見る血に染まっていく。

肌の抉れた古い傷の数々が、藤吉の遠い記憶を刻んでいた。藤吉の顔面は蒼白《そうはく》に褪《あ》せ、力なく目を閉じていた。

小六は頬を伝う涙をぬぐいもせず言った。

「兄《あに》さん、しっかりしてくれえ。こんな傷、大《てえ》したことなかっぺ」

止まらぬ血を何度もぬぐい、汚れた晒しが赤い鞠《まり》のように筵に丸まっていた。

「なあ、お菊、そうだっぺ」

「そうだ。弥太郎さん、気を確かに持って」

お菊は額に汗を浮かべ、晒しを巻き続けている。藤吉は薄っすらと目を開け、二人の若者をいつもの慈愛のこもった目で見わたした。

「すまねえな。しくじっちまったぜ」

「しくじっちゃあいねえよ。見事にやったじゃねえか」

藤吉はかすかに微笑んだ。

「短かったが、おめえらといられて、楽しかった」

「ああ、楽しかったさ。こんなに楽しかったことはなかったさ。だからこれからも兄さんと一緒だよ」

「小六、お菊、よく聞くんだ」

藤吉が唾を呑みこんだ。

「み、水を呑むかい」

「いや、いらねえ。いいか、二人とも。前にも言ったとおり、おれたちはたった今から別れる。おめえたち二人は、今すぐ舟に乗って大川に出ろ」

「何を言うんだ、弥太郎さん。何を言われようとおれたちは兄さんを放ってはいかねえ。お菊と相談してそう決めたんだ」

「いいから聞け。二度と言わねえぞ。おれたちは別々に逃げる。おめえたちは足手まといだ。おれひとりのほうが逃げやすい。だからそう言うんだ。おめえたちは大川をのぼり、荒川をいけるとこまでいって上州を目指せ。だがな、上州に留まっちゃあならねえ。関八州にはいずれおめえらの触書《ふれがき》が出廻るだろう。上州から信州へ出て、それから上方《かみがた》を目指すんだ」

お菊は、力をこめて藤吉に巻いた晒しを締めていた。

「お菊、もういい。おれの腹の胴巻きをはずしてくれ」

お菊は藤吉と目を合わさず、震える手で胴巻きをはずした。

「この中に金が入っている。前にわたした分と合わせりゃあ百両以上になるはずだ。これを元手にうどん屋を始めろ。上方はうどんだ。小六の腕がありゃあ上方でも立派に通用する。二人仲良く、いたわり合って商売に励むんだ。見世を大きく広げて、子供を沢山生んで、育てて……」

「そ、そんな、兄さんは……」

「おれか？　おれはここで傷を癒《いや》し、乞食に身を窶《やつ》して諸国を廻る。そのほうが怪しまれねえでいいんだ。乞食や貧しい人々がおめえらの見世に現れたら、哀れんで助けてやれ。おれだと思ってな。いつの日か、その乞食の中に、おれがいるだろう」

小六は、いやだいやだというふうに首をふり咽《むせ》び泣いた。

「お菊、小六につくしてやってくれ。おめえがそばにいれば、小六は大丈夫だ。おめえらにゃあ、とんだ定めを背負わせてしまったが、おめえらの罪科《とが》は全部おれの罪科だ。おめえらの真心は神や仏だってちゃんとご存じさ。これからは真っ直ぐ、てめえらの幸せだけを考えて生きろ」

藤吉はお菊の艶やかな髪を撫でた。お菊はその藤吉の手を両掌でひしと包み、自分の頰に押しあてた。そしてはらはらと涙をこぼした。

お菊は喜連川の勝蔵のもとで五年を暮らし、喧嘩の出入りや刃傷沙汰で幾人もの男たちの血をぬぐい、傷を見、介抱してきた。

お菊には、藤吉の傷の深手がどれほどのものか、わかっていた。お菊は藤吉の手をしっかりと包み、神仏に必死に祈っていた。

一刻後、二人を乗せた荷足船は源森橋を離れた。

藤吉は脇差を杖《つえ》にして、掘ったて小屋の前に立って二人を見送った。

小六が漕ぐ櫓が軋んだ。お菊は船端につかまり、藤吉に千ぎれるほど手をふった。だが、互いの姿は闇の中で影しか見えなくなっていた。

小六とお菊のきりきりと刺しこむ泣き声が、暗い川面の彼方《かなた》から櫓の軋る音と一緒にいつまでも聞こえた。

「いっちゃったね」

藤吉の後ろで初波が言った。藤吉はこの暗がりでは見られはしないだろうと、涙もぬぐわず膝をついた。激しい痛みが藤吉の体力を蝕《むしば》んだ。

「これで、いいんだ」

「ここで死ぬ気かい」

「ここで死んだらどうする」

「あっちが弔《とむら》って川にちゃんと流してやっから、弔い料はおいてきなよ」

「ふん。死に場所は決めてある。夜が明けたら最後の花見だ」

「花見なら向島の隅田川堤が一番だね。あの花の嵐《あらし》は見応えがあるよ」

「初波、花見にいくのに着替えてえんだ。ちょいと手伝ってくれねえか」

「いいよ。死に装束かい」

「ちぇ、相変わらず口数の減らねえ夜鷹だ。会いてえ人がいるんだよ」

「おやすくないねえ。大事な人かい」

「ああ、とても大事な、人だ」

藤吉は掠れる声で言った。藤吉の肩ほどしかない初波は、「いやだよ、この人、本気だよ」と屈託なげに笑った。

三

朝靄《あさもや》が隅田川堤を覆っていた。

満開の桜並木が、夜明け前の白い靄の帳《とばり》の奥で、薄紅色に浮かび上がった。

藤吉はまとった茶の引き廻し合羽に顔を埋め、饅頭笠を深くかぶっていた。

「三途《さんず》の川の渡賃を、残してるかい」

そう言った夜鷹の初波に百文足らずの有り金を渡し、小屋を出てから四半刻。

白鬚《しらひげ》神社の半町ばかり手前。湿った冷たい朝の気が肌を撫でた。

この十一年、忘れたことのないお登茂の面影が、今はくっきりと見え、小名木川をお染を抱いて逃げたときのように、藤吉を隅田川堤に導いた。

百千鳥《ももちどり》が、川縁のそこかしこで靄に紛れて鳴いていた。

堤端には満開の桜の木の下に、花見客相手の屋台の戸板や葦簾が積んである。

川堤の道は真っ直ぐ伸び、靄の中に消えていた。白鬚神社の楓《かえで》、棗《なつめ》、欅《けやき》の森影と、その一角の敷地を占める料亭・武蔵屋の反り屋根の薄墨色の影が見えた。

ひと目、ひと目見られればそれでいい。お染はもう十一歳になる。さぞかし可愛い娘に育っているだろう。なあお登茂……

満開の桜がゆっくりと歩む藤吉の頭上を、薄紅の庇《ひさし》で覆っているかのようだった。桜の花の道をひとり占めにしている。

なんて贅沢《ぜいたく》な朝だろう。

そのとき、靄の帳の彼方から花の道をひたひたと歩む人影が浮かんだ。

藤吉は歩みを止めず、おのれの道を進んだ。

影は次第にくっきりとした形を現し始めた。

影が微笑んでいるように見えた。会いたかったぞ――と。

やがて靄の帳を払い、涼やかな眼差しを投げる痩身の侍が姿を現した。

鼓晋作は八丈紬《はちじょうつむぎ》の小袖に黒柿の半袴をつけ、黒の脚絆に黒足袋草鞋の拵《こしら》えである。左脇に一丈穂先六寸の素槍を携え、白襷《しろだすき》、袴の股だちをとり、腰に結んだ紫紺の帯には黒塗り鞘の大小二本が厳めしい。

晋作はほつれ毛を二筋三筋白皙《はくせき》に垂らし、左斜めの立ち位置で藤吉からほぼ五間の間までつめ、立ち止まった。

藤吉が笑みを浮かべ、ゆっくり黙礼した。

「北町奉行所吟味方与力・鼓晋作さまで、いらっしゃいますね。お久しぶりでございやす」

「羅宇屋を営む潮来生まれの仁吉、であったな。おぬしを探していた」

晋作はこたえた。

「それはそれは……よくここだと、おわかりになりました」

「花が咲き匂えば、鳥は舞い唄う。花の香に誘われてきたのだ。仁吉、御用である。おぬしを捕らえねばならぬ。神妙にいたせ」

晋作は右足を大きく踏み出し、素槍をかまえた。

「わたくし、この前は偽りを申しておりやした。何を隠そうこのわたくし、じつの名は藤吉、深川南森下町生まれの深川育ちでございやす。ゆえあって江戸を離れ、十年の間、関八州の旅人《たびにん》暮らしを送り、再び江戸に戻って参ったけちな野郎で、ござんす」

藤吉が頭を上げた。晋作は笑みをかえした。

「関八州では斬られ弥太郎、死神弥太郎と名を馳《は》せ、この江戸では花嵐《はなあらし》こと花の嵐《らん》、そうであったな。おぬしの斬った幾多の人の血で、その合羽にくるんだ腰の脇差、しこみの刀が赤く染まっていることだろう」

藤吉は引き廻しの合羽を解き、道にばさりと落とした。

真新しい紺縞の袷を裾端折りに、新しい白の股引、黒の手甲脚絆。黒足袋草鞋を履き、腰に脇差一本を差している。

お染に会いにいくとき着ていくためにとっておいた袷だった。

これがおれの、死に装束だ――そう言っているかのようだった。

饅頭笠を指先で上げ、傷のある顔を晋作に向けた。

「多くの命を殺《あや》めた罪科を、今さら逃れようとは思いはせぬが、たったひとつの心残り。ここはどうしても、通していただかにゃあ、なりやせんねえ」

藤吉は饅頭笠をとり、川堤の次第に晴れていく靄の中に捨てた。

いつの間にか、河原の先の隅田川には役人を乗せた船影が漂い、道の周囲に人の気配が藤吉をとり巻いていた。

藤吉は脇差を抜き、博多帯の後ろ結び目に差したしこみ刀をいつもの逆手につかんだ。晋作との間をゆるやかにつめつつ、二本の刀をだらりとさげた。

その立ち姿は敵意も憎悪も見えず、野の息吹のように穏やかだった。

「天知る、地知る、おのれ知る。藤吉、無駄は止せ。もはやこれまでだ。その理《ことわり》が読めぬか」

晋作は槍をかまえ、一歩、一歩と踏み出した。

「お上の理など、闇の底でとっくに朽ち果てやした。無駄を承知で生き長らえたこの年月、ここはあっしの最後の花道でござんす。今さら誰にも邪魔はさせねえ。それでも通さぬとあれば、たっぷりと血の雨が降りやすぜ」

藤吉が周囲を囲む影に見得をきった。

間合いはすでに十分縮まっていた。

「言うも愚か」

晋作は藤吉の肩を目がけた。槍術は無辺《むへん》流である。

一丈の槍がうなった。六寸の穂先が藤吉の肩を貫いた、かに見えた。

だが白く澄んだ穂先は、藤吉の肩をすべり、空を乱しただけだった。

瞬時に身体を縮めた藤吉は、驚くべき身軽さで高く飛んだ。

二本を天に掲げ、束の間、咲き誇る桜の花の中で鳥が羽ばたいたかのように見えた。

わっ、と周囲の声があがった瞬間、地上に舞い下りた藤吉の脇差が晋作の頭上を襲った。

「とおっ」

槍の柄と刃が激しく嚙み、歯軋りをたてた。同時に藤吉のしこみが晋作の胴を抜いた。鋭い刃が着物の布を掠めた。予期はしていた。

晋作の身体は、風のように花の道を舞った。

草木や花や、鳥の鳴き声と、晋作の心はひとつになった。

晋作は槍をかまえなおした。

「やるな」

藤吉が笑って言った。次の攻撃が晋作を襲った。

藤吉の脇差を晋作の槍がはじきかえした。しこみが斬り上げる。晋作は槍の柄を添わせてすり上げる。槍を頭上に回転させ反撃に転じた。

藤吉は飛び退き、突き、突き、と襲う晋作の穂先を左右にふり払った。

晋作が踏み出し、藤吉の後退に併せ、周囲を囲む影も動く。

たあっ――晋作が突いた。それを食い止めた脇差をぎりりと槍がすべり、藤吉の左肩を穂先が掠めた。藤吉は槍をはじき上げた。

だが、必殺のしこみ刀は動かなかった。

藤吉はよろめいた。晋作と向かい合ったまま膝をつき、脇差で身体を支えた。

藤吉にそれ以上闘う力は残っていなかった。

蒼白の顔に充血した目だけが燃えていた。晋作は叫んだ。

「藤吉、それまでだ。もうよい」

「まだまだ……」

藤吉はうな垂れ、そして顔を上げた。藤吉は、よろっと立ち上がった。

そのとき、鎖帷子《くさりかたびら》に鎖入りの鉢巻を締め、黒の着物股引の同心拵えの春原と権野が捕方の囲みより突進した。

よせっ——晋作は心の中で叫んだ。けれども、藤吉を縛《いまし》めの生き恥にさらすなと春原と権野に命じたのは晋作自身だった。

そして、百千鳥が騒がしく鳴き、羽ばたいた。

藤吉は、道に突き刺した刀を墓標のように残し、うつ伏せにうずくまっていた。

晋作は藤吉のそばにかがんでいた。

藤吉の空《うつ》ろに開いた目が晋作を見上げていた。身体が小刻みに震えていた。

「藤吉、これでよかったのか」

藤吉はわずかに頷くかのように、瞼《まぶた》を動かした。唇が動いた。

晋作は耳を近づけ、「何が言いたい」とささやきかけた。

だが、藤吉の声はかえってこなかった。

「武蔵屋のお染は、ひとり娘として大事に育てられ、美しい娘に育っておるぞ」

晋作はなおもささやきかけた。

すると藤吉は、急速に生気が失せてゆく目にかすかな笑みを浮かべ、安らかに瞼を閉じたのだった。


半町ほど離れた白鬚神社そばの江戸で名高い高級料亭・武蔵屋では雇い人らが川堤で始まった捕物騒ぎに起き出して、外の様子をうかがっていた。

そろそろ起きる刻限ではあるが、みな朝の仕事が手につかなかった。

早速、様子を見にいった小僧が、役人に追い払われながらも、去年暮れから江戸を騒がせていた花嵐が、とうとう捕方に追いつめられ、すぐそこの隅田川堤で成敗されたらしいという話を聞き出してきた。

「ああ、あの花嵐とかいう賊だね。お役人殺しの……そりゃあお役人も自分らのことだもの必死になるわさ」

「けど花嵐は、お上によっぽどの恨みがあったんだろうね」

「ああ、なんでもよ、元は深川の商人でよ……」

などと板場の土間でざわざわと喋《しゃべ》っていると、武蔵屋の主人が現れ、

「さあさあ、みんな、捕物の話はもういいから、朝の仕度にかかっておくれ。今日は室町の嶋屋半兵衛《しまやはんべえ》さまと伊勢屋の利助《りすけ》さまが朝の四ツにお見えですからね。粗相のないように励《はげ》んどくれ」

と雇い人らを急きたてた。

そこへ十一歳のひとり娘のお染が、赤い花柄模様の寝巻き姿のまま、眠そうに目をこすりながら調理場にとぼとぼと現れた。

「ととさま、何があったの。お外に人が沢山いるよ」

お染は色白に二重《ふたえ》の目が愛くるしい顔を、武蔵屋の主人である父親に向けた。

「おや、お染。目が覚めたのかい。なんでもないんだよ。まだ早いから、おまえはお休み。今日も隅田川堤の花見のお客さまが沢山見えて、お見世はこれから仕度に大忙しだからね」

「はい、ととさま。みんなおはよう」

お染は言い、雇い人らは口々に、いずれはこの武蔵屋に相応《ふさわ》しい美しい女将《おかみ》になるであろうお嬢さまに朝の挨拶をした。

お染は愛想のよい笑顔を残し、父親の言葉に素なおに従って寝間へ戻っていっ

た。するとそれを機に、板場に集まっていた雇い人らは、
「お嬢さまのために精を出さねば」
と、いそいそと自分の持ち場に散っていき、武蔵屋はいつもの穏やかな朝を、
迎えたのだった。

終章　八十八夜

隅田川堤の捕物があってからほどなく、北町奉行所人足寄場定掛与力・佐藤典八はその任を退《ひ》き、見習で出仕していた倅《せがれ》が家督を継いだ。直後、一代抱えの佐藤家は町方与力の役目を解かれた。

佐藤が八丁堀山王日枝神社前の通りで襲われた一件は、公にはされなかった。

「いかなる理由があるにせよ、町人風情に襲われ、しかも女がまじっていたわずか三人になす術《すべ》もなく討たれるなど、武士の面目がたたぬ」

奉行所監察は本来、徒目付《かちめつけ》の役目だが、目付・中山左馬ノ介《なかやまさまのすけ》直々《じきじき》に徒目付・小木曾勘三郎に通達を出した結果だった。

佐藤典八が追われる組屋敷の居室で腹をきって果てたのは、その翌日だった。

読売が二月暮れの《八丁堀山王日枝神社前、北御番所与力・佐藤典八襲撃》とその後の佐藤割腹までの経緯を、花嵐の遺恨とからめて盛んに書きたてた。

奉行所もご公儀評定所も沈黙を守った。だが夏も近づく八十八夜ともなると、読売は花嵐の騒動も佐藤の割腹自殺にも関心を失い、男と女の情死話や狂言役者の色恋沙汰《ざた》を、また例によって追いかけ始めていた。

八十八夜のその夜、晋作と妻の高江は晋作の居室に面した庭の縁端にかけ、去りゆく春の夜を惜《お》しんでいた。高江が薄茶を晋作に淹《い》れ、晋作が茶碗を喫すると、ほのかな香りが縁端に漂った。

星空だった。高江は夫が、隅田川堤の捕物以来、物憂げに考えこむことが多くなった気がしていた。高江は夫が心に鬱屈《うっくつ》を抱えているのなら、夫をいたわり、自分もその鬱屈を分かち合いたいと思った。

晋作は庭の淡い明かりの灯った燈籠《とうろう》に漫然とした眼差しを投げていた。

「谷川さまは、だいぶお具合がよろしいそうでございますね」

「うん。ずいぶんといい。今日も寄ってきたが、早く勤めに出たいと言っておった。と言って、傷がしっかり塞《ふさ》がるまであまり無理をせぬように、医者から言われておるそうだがな」

「このごろ、苑があなたのお役目のことをいろいろ聞きたがって……」

そう言って高江がくすくすと笑った。

「うん？　何がおかしい」

「先日、苑が加代に申しておりました。わたくしがお父さまのお仕事をお助けいたしたのですと、えらく誇らしげに。それでいろはを加代に何度も言って聞かせるのですよ。はい、加代、おまえも言ってごらんと催促しながら」

「ははは……それは加代も迷惑であったな。おませな子だな。頭はいいし、顔だちもいいし、おれに似たのだな」

「はい。苑はあなたにそっくりですよ。頑固なところが」

「ええ？　おれは頑固か」

「頑固ですよ。頑固だから、頑張れたのでございましょう」

「だから高江はおれに惚れたか」

高江は吹いた。そしてにこやかに言った。

「よろしゅうございますとも」

「麟太郎は、赤ん坊だから、まだ気だてはわからぬな」

「わたくしにはわかります。母親でございますから」

「本当か。どんな気だてだ。おれに似ているか」

「そうでございますね……」

と高江はまたくすくすとおかしそうに笑った。

「どちらかと申せば、お義父《とう》さまに似ております」

「ほう、そうか。父上にか」

「はい」と高江は声をひそめた。

「ちょっと、そそっかしいところが」

晋作は呑みかけた茶を吹いた。二人は顔を見合わせ、声をあげて笑った。奥で又右衛門が、くしゃみをひとつした。


文政二年閏《うるう》四月一日、永田備後守正道が北町奉行を転免し、榊原主計頭忠之《さかきばらかずえのかみただゆき》が北町奉行職に就職した。同日、北町奉行所詮議役吟味方与力・鼓晋作は、与力助《すけ》から本役に昇任した。また隠密廻り方同心・谷川礼介も同日復帰した。

花嵐の一件は、主謀者の藤吉の成敗によってほぼ解決した。しかし手下と思《おぼ》しき小六とお菊の行方は、その後、杳《よう》として知れなかった。

コスミック・時代文庫

花《はな》の嵐《らん》
吟味方与力人情控

【著 者】
辻堂《つじどう》 魁《かい》

【発行者】
杉原葉子

【発 行】
株式会社コスミック出版
〒154-0002 東京都世田谷区下馬 6-15-4
代表 TEL.03(5432)7081
営業 TEL.03(5432)7084
FAX.03(5432)7088
編集 TEL.03(5432)7086
FAX.03(5432)7090

【ホームページ】
http://www.cosmicpub.com/

【振替口座】
00110-8-611382

【印刷/製本】
中央精版印刷株式会社

乱丁・落丁本は、小社へ直接お送り下さい。郵送料小社負担にて
お取り替え致します。定価はカバーに表示してあります。